Amor de ley

Amanda Browning

Bianca®

HARLEQUIN®

Editado por HARLEQUIN IBÉRICA, S.A.
Hermosilla, 21
28001 Madrid

AMOR DE LEY, Nº 1643 - 11.1.06
Título original: The Lawyer's Contract Marriage
Publicada originalmente por Mills & Boon®, Ltd., Londres.

I.S.B.N.: 84-671-3447-X
Depósito legal: B-45936-2005
Editor responsable: Luis Pugni
Composición: M.T. Color & Diseño, S.L.
C/. Colquide, 6 - portal 2-3º H, 28230 Las Rozas (Madrid)
Fotomecánica: PREIMPRESIÓN 2000
C/. Algorta, 33. 28019 Madrid
Impresión y encuadernación: LITOGRAFÍA ROSÉS, S.A.
C/. Energía, 11. 08850 Gavá (Barcelona)
Fecha impresion para Argentina: 18.7.06
Distribuidor exclusivo para España: LOGISTA
Distribuidor para México: CODIPLYRSA
Distribuidores para Argentina: interior, BERTRAN, S.A.C. Vélez Sársfield, 1950. Cap. Fed./ Buenos Aires y Gran Buenos Aires, VACCARO SÁNCHEZ y Cía, S.A.
Distribuidor para Chile: DISTRIBUIDORA ALFA, S.A.

Capítulo 1

SAM LOMBARDI sabía que no podía ser más feliz. Era primera hora de la mañana, la parte del día que más le gustaba, y estaba tumbada en brazos del hombre que amaba: Ransom Shaw. Sólo pensar en su nombre le proporcionaba una inmensa sensación de bienestar. Suspiró satisfecha, sonrió y se abrazó a él con más fuerza, disfrutando de su fragancia mientras él dormía.

Puede que ella no fuese muy imparcial, pero consideraba que era perfecto. Sólo con mirarlo se le aceleraba el corazón. Era extremadamente guapo, con el pelo negro que se le rizaba a la altura del cuello, contrario a la moda actual, y sus ojos grises que destacaban sobre su rostro bronceado. En ese momento, ese rostro bronceado lucía una ligera barba incipiente, lo cual lo hacía parecer más sexy.

Sam fantaseaba con la idea de despertarlo e iniciar el sexo que, seguramente, vendría después, pero decidió dejarlo dormir. Él era abogado subalterno en un prestigioso bufete y había estado trabajando muy duro en su último caso. Tenía la esperanza convertirse en socio del bufete y, con el tiempo, ser abogado de la Corona. Iba a ser duro, pero él tenía la habilidad de conseguir lo que se proponía.

Sam había conocido a Ransom cuando la habían llamado para que hiciera de intérprete en relación con su caso actual. Había habido una atracción instantánea. Ella nunca había experimentado algo similar. Se habían sentido tan atraídos el uno hacia el otro, que el resto del mundo había dejado de existir. En pocos días, se habían hecho amantes y ella se había sentido feliz, porque para ella no era una aventura, sino que era algo para siempre. Un amor de los de toda la vida. No tenía ninguna duda. Él era el correcto. Se había enamorado locamente de él y estaba segura de que Ransom sentía lo mismo.

Los días se habían convertido en semanas. Y las semanas se estaban convirtiendo en meses, y sus sentimientos habían ido creciendo. Eran almas gemelas destinadas a estar juntas.

Bajo su mejilla, el pecho de Ransom se expandió al respirar profundamente. Sam levantó la cabeza y encontró sus ojos grises mirándola.

–Eh –dijo él suavemente con una sonrisa mientras recorría su espalda con una mano.

Sam se movió para descansar sobre su pecho y poder mirarlo a los ojos.

–Hola. ¿Te he despertado? –preguntó ella.

–Me encanta reconocer que siempre me despiertas –dijo Ransom manteniendo la sonrisa, y Sam pudo notar cómo se excitaba bajo su muslo.

–No deberías hacer esto –dijo ella mientras cubría su pecho con besos–. Necesitas dormir.

Ransom la rodeó con los brazos y la giró para ponerse él encima.

–A ti te necesito más –dijo–. Estoy loco por ti.

–¿Cómo voy a resistirme a ti si me dices esas cosas? –murmuró Sam con un suspiro. Ransom agachó la cabeza y ella olvidó cualquier pensamiento sensato para dejarse llevar por la pasión.

Mucho más tarde, tras haberse dado una ducha antes de vestirse, estaban los dos sentados el uno frente al otro en la barra de la cocina del piso de Ransom. Sam se untó mantequilla en una tostada y la depositó deprisa en el plato de Ransom para no quemarse. Se hizo otra para ella y la untó con mermelada.

–¿Hoy vas al juzgado? –dijo ella, preguntándose si podrían comer algo juntos. No era fácil ajustarse a su apretada agenda.

Ransom accedió mientras daba un trago al café.

–Hoy son los discursos finales. Probablemente sea un día largo. ¿Y qué hay de ti?

Sam trabajaba para una empresa que proporcionaba traductores para todos los eventos posibles. Ella hablaba con fluidez media docena de idiomas, y podía defenderse en otros tantos, lo cual la mantenía bastante ocupada y nunca se aburría.

–Llamaré a la oficina desde casa para ver lo que hay planeado para mí –dijo ella. Tenía que ir a su casa para cambiarse de ropa y mirar su correo electrónico.

Tras terminarse el desayuno, Ransom llevó su plato al fregadero, se puso la chaqueta y dijo:

–¿Cenamos esta noche?

–Me temo que no puedo –contestó ella–. Ceno con mi familia –había sido su costumbre desde que se había ido a vivir sola, y jamás hasta ese momento se había sentido dividida sobre dónde quería estar.

–¿Cuándo voy a conocer a esa familia tuya? –preguntó Ransom. Se lo había preguntado varias veces recientemente, y Sam no estaba segura de por qué retrasaba el momento.

–Pronto –le aseguró ella. Si lo llevaba a su casa, comenzarían las especulaciones. Adoraba a su familia, pero a veces se sentía agobiada por su natural interés con respecto a todos sus movimientos.

–¿Te avergüenzas de mí o algo así?

–¡No! –dijo ella poniéndose en pie a toda prisa–. ¡Por supuesto que no! –el hecho era que ella nunca había llevado a un hombre a casa, y su familia se daría cuenta de la importancia cuando sucediera–. Es sólo que no quiero compartirte todavía.

–Está bien –dijo él con una sonrisa perezosa–. Siempre y cuando recuerdes que tendré que conocerlos algún día.

–Algún día –dijo ella aliviada mientras le rodeaba el cuello con los brazos–. Estamos bien nosotros dos solos, ¿verdad?

Él colocó sus manos en su cintura y la acercó más.

–Dos está bien. Olvida que lo he mencionado. Es sólo que en algunas cosas soy un poco anticuado –dijo Ransom antes de besarla.

Era demasiado pronto para Sam, que suspiró cuando él la soltó para ir a buscar su maletín. Sin embargo, lo que Ransom decía le proporcionaba un sentimiento cálido. Sólo había una razón por la que un tipo anticuado quisiera conocer a los padres de una mujer: demostrar que sus intenciones eran honestas. Sam sonrió para sí. No había nada que deseara más que casarse con Ransom Shaw y pasar el resto de sus vidas juntos.

–¿En qué piensas? –preguntó él sacándola de su ensimismamiento.

–Ah, sólo que besas de maravilla –contestó ella mientras recogía el bolso que había llevado consigo la noche anterior–. ¿Tienes mucha práctica?

–Eso sienta así de bien porque estás besando a la persona adecuada.

–Y eso lo sabes porque... –dijo ella, y él se rió abiertamente.

–De acuerdo. Lo sé porque he besado a muchas que no eran las adecuadas. ¿Contenta?

Sam se rió y sintió cómo su felicidad se desbordaba.

–Sumamente contenta. Últimamente voy todo el rato con una sonrisa permanente en la cara. La gente va a empezar a pensar que estoy loca.

–Diles que estás loca por mí. Eso lo explicará todo.

Mientras abandonaban el apartamento, Sam se convenció a sí misma de que, seguramente, sí que lo explicaría todo.

El resto del día transcurrió con una normalidad anodina. Después de que Ransom la dejara en casa, Sam se cambió y se puso su ropa de trabajo, llamó a la oficina para ver los trabajos que tenía programados y luego se dirigió a su primera cita. Desde ese momento, apenas tuvo tiempo de pararse a respirar, así que se sorprendió al mirar su reloj y comprobar lo tarde que era. Abandonó la idea de ir a casa a cambiarse y se dirigió directamente a casa de sus padres.

Supo que algo iba mal en el momento en que entró por la puerta. Normalmente su familia habría estado reunida hablando de sus cosas alrededor de la mesa del comedor. Sin embargo, sus hermanos y hermanas estaban en la sala de estar hablando en susurros. Todos la miraron cuando entró, y Sam se dio cuenta de que había algunas ausencias notables. Faltaban sus cuñados y cuñadas, al igual que sus hijos. Era algo extraño para ser una noche familiar.

–¿Dónde está todo el mundo? –preguntó ella, y sus hermanas comenzaron a sollozar mientras que sus hermanos mantuvieron la expresión sombría–. ¿Qué sucede? –añadió mientras dejaba sus cosas en una silla cercana.

–Hemos estado esperando a que llegaras –dijo Tom, su hermano mayor–. Mamá y papá están en la cocina. Ellos te lo contarán todo.

–¿Por qué no me lo puedes contar tú? –preguntó Sam con el ceño fruncido–. ¿Y dónde está Tony? –añadió al darse cuenta de que su otro hermano tampoco estaba presente.

–Ve a ver a papá y mamá. Deberías oírlo de su boca –insistió Tom, y Sam se dirigió a la cocina con un nudo en la garganta.

Sus padres estaban sentados junto a la mesa de la cocina. Se notaba que su madre había estado llorando. Su padre estaba tan pálido que parecía enfermo. Ambos la miraron cuando entró pero, al ver que ninguno se levantaba para saludarla, Sam supo que la situación era seria.

–¿Qué pasa? ¿Qué ha ocurrido? –preguntó ella con una creciente sensación de pánico.

Su madre se puso en pie y se acercó al fregadero, agarrándose con fuerza al borde. Ella los miró a los dos en busca de respuestas y finalmente fue su padre quien habló.

–Siéntate, Sam. Tenemos un problema. Un problema muy serio –dijo él con la voz rota. Sam se sentó frente a él y colocó una mano sobre la suya.

–¿Qué tipo de problema? ¿Tony ha hecho algo? –preguntó ella. Su hermano era el salvaje de la familia. Durante los años les había dado a sus padres más disgustos que todos los demás juntos.

–A tu hermano Tony lo han pillado robando –dijo su padre finalmente tras tomar aire.

–¿Robando el qué? –preguntó Sam sintiendo cómo se le aceleraba el corazón. Enseguida pensó en algo. Tony era jugador, un jugador no muy afortunado.

Su padre asintió como si le hubiese leído el pensamiento.

–Dinero. Una gran cantidad de dinero.

–¿Podemos devolverlo? –preguntó Sam inmediatamente. Ya lo habían hecho otras veces.

–Ojalá pudiéramos, pero esta vez es demasiado. Incluso aunque yo vendiera la casa y el negocio, ni siquiera se acercaría. ¿Cómo podemos conseguir tanto dinero? Tony irá a la cárcel y el escándalo matará a tu madre y arruinará el negocio –declaró su padre desesperado.

–¿No hay nada que podamos hacer? –preguntó ella, horrorizada al ver a su padre tan angustiado–. ¿A quién se lo debe?

–No se lo digas –dijo su madre desde el fregadero–. ¡No puedes decírselo!

–¿Por qué no? –preguntó Sam.

–Porque sé lo que harás, y no te lo permitiré. ¿Por qué tendrías que pagar tú por lo que ha hecho Tony? –dijo su madre furiosa.

–¿A quién le ha robado el dinero, papá? –insistió Sam–. Será mejor que me lo digas.

Sus padres intercambiaron una mirada de impotencia y, finalmente, su padre reveló el final de la historia.

–A los Grimaldi.

Sam se quedó sin aliento porque decir el nombre era decirlo todo. Los Grimaldi eran inmensamente ricos y tenían influencia en muchos sectores. Habían ayudado a su padre a fundar su negocio hacía varios años y, a petición de su padre, habían contratado a Tony en su negocio de exportación e importación de vinos. Y él se lo había devuelto robándoles dinero para saldar sus deudas de juego.

–¿Dónde se esconde Tony? –preguntó ella poniéndose en pie de golpe–. ¡Voy a matarlo por esto!

–Siéntate, Sam –dijo su padre agarrándole la mano–. Tony está en casa de los Grimaldi. Aún no hay nada decidido.

–¿Qué hace allí? –preguntó Sam confusa–. ¿Han llamado a la policía?

–Todavía no –dijo su padre tras un silencio–. Quizá no lo hagan. Parece que el problema puede solucionarse sin grandes escándalos, pero hay una condición –añadió mirándose las manos–. Leno Grimaldi reemplazará el dinero de su cuenta personal si tú accedes a casarte con él –y, con esas palabras, finalmente la miró.

Sam se quedó sentada mientras asimilaba la noticia. La única manera de salir de ese lío era casándose con Leno Grimaldi. Recreó en su mente la imagen de aquel hombre. Era unos años mayor que su padre. Un viudo que había ido detrás de ella desde que había cumplido los dieciocho años. Aunque sabía que él tenía sentimientos hacia ella, Sam nunca había sido capaz de corresponderlo. Era un hombre agradable, pero demasiado mayor para ella. Sam siempre había mantenido la distancia y se había negado a salir con él cada vez que se lo pedía. Pero gracias a la estupidez de su hermano, Leno había conseguido los medios para conseguir lo que quería. Sabía que la familia de Sam estaba muy unida y que ella no dejaría que su hermano fuese a la cárcel, por mucho que Tony lo mereciese.

Lo cual colocaba a Sam en medio de su peor pesadilla. Ella podría librar a su familia del escándalo, pero sólo dándole la espalda al hombre que realmente le importaba. ¿Cómo podría renunciar a todos sus sueños y esperanzas por el error de su hermano? Y, sin embargo, ¿cómo iba a poder hacer cualquier otra cosa? ¿Cómo iba a anteponer sus necesidades a las de su familia, sabiendo que estaban al borde de la ruina?

Sintió cómo la desesperación la invadía. Sólo había un hombre con el que deseara casarse, Random Shaw. Quería gritar que no era justo. No debería tener que elegir de esa manera. Pero era así como iba a suceder.

–Desde luego, no esperamos que accedas, cariño –dijo su madre–. No te lo pediríamos.

Su padre se puso en pie y estrechó a su mujer entre sus brazos.

–Tu madre tiene razón, Sam. Encontraremos otra manera. Te lo hemos dicho sólo porque Leno ha insistido en que lo hiciéramos. Quiere que le des una respuesta y él procederá a partir de eso.

Sam tenía que admirar la tenacidad de Leno Grimaldi. Había visto lo que quería y había esperado la oportunidad para conseguirlo. Debía de ser un jugador de póquer excepcional, porque sabía cómo jugar sus cartas. Él sabría que ella no dejaría a su familia tirada. Pensaría que sería una decisión simple, pero él no sabía nada de Ransom. Nadie lo sabía. Sólo ella.

–¿Qué otra manera? Hay que saldar la deuda. Si renunciáis a vuestra casa y vuestro negocio, nunca podréis conseguir el dinero con un préstamo, ni pagar el resto. Lo miréis como lo miréis, soy vuestra única esperanza –dijo Sam con una calma nada usual–. ¿Qué le ocurrirá a Tony si yo accedo?

–Se irá a vivir con mi primo a Australia. La reserva ovina está lo suficientemente lejos de la tentación como para mantener a tu hermano en el buen camino –dijo su padre–. Con suerte, se hará un hombre de provecho.

–Le hará más bien que ir a prisión –convino Sam, y su madre dejó escapar un leve llanto al que ella respondió con una sonrisa–. No pasa nada. Aún no lo he decidido. Primero necesito tiempo para pensarlo. ¿Cuánto tiempo esperará Leno mi respuesta?

–Hasta mañana a esta hora. Pero no hay nada que pensar. No puedes hacerlo. Te lo prohíbo –dijo su padre, y Sam negó con la cabeza.

–Gracias por decir eso, pero es mi decisión.

–Piensa en ti, Sam. No te preocupes por nosotros –insistió su padre mientras ella los abrazaba a los dos.

–Os quiero. No os preocupéis –dijo ella, aunque sabía que lo harían–. ¿Qué saben los demás?

–Sólo que Tony ha vuelto a meterse en líos.

–Bien. No les digáis nada todavía –dijo Sam con

una sonrisa–. Será mejor que me vaya. Tengo muchas cosas que pensar. Os llamaré.

–¡No hagas nada precipitado, cariño! –exclamó su madre.

–No lo haré –dijo Sam, y se dirigió de vuelta a la sala de estar. Una vez más, todos la miraron mientras ella recogía sus cosas–. Tengo que irme. No os preocupéis por Tony. Todo se arreglará.

–¿Cómo? –preguntó Tom poniéndose en pie–. ¿Qué sucede, Sam?

–Ha vuelto a jugar. Pero, como ya he dicho, se arreglará. Me voy para concretar los detalles –dijo ella–. Cuidad de papá y mamá. Necesitan vuestro apoyo en estos momentos.

Todos trataron de que dijera más, pero Sam negó con la cabeza y se dirigió hacia la puerta, hasta donde sólo Tom la siguió.

–¿Estás bien, Sam? –le preguntó preocupado.

–Estoy bien. De verdad. Estoy furiosa con Tony y disgustada por mamá y papá, pero saldremos de ésta, como siempre. Ahora debo irme –insistió ella, y salió corriendo de la casa, sintiendo los ojos de su hermano en su espalda.

Sintiéndose tan frágil como una cáscara de huevo, Sam subió a su coche. Sabiendo que Tom seguía observándola, se alejó conduciendo. Pero, tras doblar un par de esquinas, aparcó el vehículo y apagó el motor. Se recostó en el asiento y dejó caer la cabeza en actitud de derrota. ¿Qué iba a hacer? ¿Cómo podría vivir si les daba la espalda a sus padres? Deseaba poder hacerlo, porque no quería tener que renunciar a Ransom, pero no estaba en su naturaleza. Sus padres habían sacrificado muchas cosas para darles a sus hijos una vida mejor y ya era hora de que alguien hiciera algo por ellos. La carga había recaído sobre sus hombros y sería ella la que tendría que hacer el sacrificio.

Sentía cómo le escocían los ojos por las lágrimas al pensar en lo que tendría que hacer. Se le rompería el corazón pero, cuando le dijera a Ransom por qué tendría que casarse con Leno Grimaldi, estaba segura de que él entendería que no tenía otra opción. ¿Sería mucho pedir que quedaran como amigos? Tuvo que admitir que había pocas posibilidades. La vida no era así de simple.

Pero no podía regocijarse en el dolor. Haría lo que tenía que hacer. Respiró hondo varias veces y trató de recomponerse. Tenía cosas que hacer. Cosas que desencadenarían unos acontecimientos irreversibles.

Sam sabía dónde vivía Leno Grimaldi, así que se dirigió hacia allí a pesar de la hora. Abrió la puerta él mismo y, para alivio de Sam, no parecía satisfecho consigo mismo ni engreído. La invitó a pasar.

–Sam, querida, qué sorpresa verte aquí. Entra. Encontrarás a tu hermano en el salón –declaró el hombre como si no ocurriese nada–. Por aquí –añadió señalando una puerta medio abierta.

Cuando ella entró en la elegante habitación, su hermano Tony se puso en pie como un rayo. Estaba pálido y parecía preocupado.

–Hola, Sam –dijo él.

–¿Te traigo algo de beber? –preguntó Leno Grimaldi, pero Sam negó con la cabeza. No había comido nada, y el alcohol con el estómago vacío no era nada recomendable.

–No, gracias. Será mejor que mantenga la cabeza despejada.

–Siempre hay que ser sabio cuando se habla de negocios –dijo Leno Grimaldi con una sonrisa mientras le indicaba que se sentase frente a su hermano.

–¿Negocios? –preguntó Tony.

–Tu hermana ha venido para hablar de tu futuro –le explicó Leno–. Y del nuestro.

Al ver que su hermano iba a seguir haciendo preguntas, Sam lo interrumpió diciendo:

–Por una vez en tu vida, quédate sentadito y calladito donde estás. Tú ya has hecho suficiente –luego se giró hacia Leno–. Perdona mi franqueza, pero no tiene sentido andarse por las ramas. ¿La oferta va en serio? Si me caso contigo, ¿reemplazarás el dinero que Tony se ha llevado?

–Será mi regalo de boda para tu familia –dijo Leno–. ¿Aceptas?

Sam lo miró, viendo a un hombre guapo de mediana edad que era capaz incluso de utilizar la crisis de su familia para conseguir lo que quería. No sentía nada por él pero, por su familia, se habría casado con el mismo demonio.

–Acepto –dijo ella sin más.

–¡No, Sam! ¡No puedes! –exclamó Tony al darse cuenta de lo que ocurría. Ella lo miró y advirtió el horror en su cara.

–Sí puedo y lo haré. Pero no creas que lo hago por ti. Es por mamá y papá. Se merecen algo mejor que lo que tú les ibas a hacer pasar –le dijo con frialdad.

Leno no dijo nada; simplemente se puso en pie.

–El dinero será reemplazado por la mañana y no volveremos a mencionar el asunto. Sin embargo, hay algunos papeles que necesito que firmes –le dijo a Sam mientras tomaba unas hojas de papel que había sobre un escritorio.

–¿Papeles? –preguntó Sam extrañada.

–Nada serio. Supongo que estarás de acuerdo en que no sería bueno para el negocio si este incidente, o los acuerdos a los que hemos llegado para solucionarlo, alguna vez saliesen a la luz. Por lo tanto, esto no es más que un acuerdo que te compromete a no decirle a nadie lo que ha ocurrido aquí, con la excepción de tus padres y tu hermano. Todos lo firmaréis y os ceñiréis a él. Nadie volverá a hablar de ello jamás. De no ser así, tendréis que pagar la deuda en su totalidad. Por lo tanto, por tu bien y el de tu familia, mejor no decir nada. ¿Comprendido?

Sam debería haber imaginado que Leno insistiría en algo así. Era ante todo un hombre de negocios. Jamás querría que aquello saliese a la luz, y eso significaba que no podría contarle a Ransom la verdad. Pero no podía pensar en las consecuencias que tendría eso. Había dado su palabra y no había marcha atrás. Sólo podía aceptar y firmar. Lo cual hizo, y luego observó cómo su hermano hacía lo mismo.

–Cuando tus padres hayan firmado, ya estará todo listo, mi querida Sam –declaró Leno tomándole la mano para besársela gentilmente–. Y te prometo que haré todo lo posible para hacerte tan feliz como tú me has hecho a mí.

Sam cerró los ojos por un momento, pensando en las cosas a las que estaba renunciando. Sin embargo, su familia lo era todo. Necesitaban su ayuda y ella iba a proporcionársela.

–Yo haré todo lo posible por ser una buena esposa para ti, Leno. Sin embargo, hay una cosa que quiero pedirte.

–Dime.

–Quiero que nos casemos lo antes posible –dijo ella. Ya que había dado su palabra, no quería tener mucho tiempo para pensar en lo que había hecho.

Leno sonrió y le tomó ambas manos.

–Ah, pensamos igual. Yo haré los preparativos. Entonces, cuando nos hayamos casado, tendremos una larga luna de miel en Italia. Siempre he querido regresar a mi hogar. Te mostraré dónde crecí. Te encantará estar allí.

En ese momento, Sam no sabía si alguna vez sería capaz de volver a interesarse por algo, pero estuvo de acuerdo con su plan. Francamente, no le importaba dónde fueran ni lo que hicieran, porque ella sólo estaría actuando como era de esperar. Su vida había cambiado para siempre.

Lo único que quería hacer era marcharse, pero no sabía cómo. Tras acceder a casarse con ese hombre, ¿cómo irse?

–Estoy seguro de que querrás llevarte a tu hermano a casa y decirles a tus padres lo que ha ocurrido –dijo Leno–. Cenaremos juntos el sábado para hablar sobre nuestros planes, mi querida Sam –añadió mientras los conducía a la puerta–. Ah, por favor, dile a tu padre que lo llamaré mañana. Buenas noches, querida –añadió dándole un beso en cada mejilla.

–Buenas noches –respondió ella y, agarrando a Tony del brazo, lo arrastró a toda prisa hacia donde había aparcado el coche.

Llevó a su hermano de vuelta a casa de sus padres y fue allí cuando él habló.

–Lo siento, Sam –dijo él–. Me metí hasta el cuello y no sabía cómo salir.

Sam lo miró y se sintió dividida entre la rabia y el cariño.

–Esta vez has tenido suerte, pero no esperes que vuelva a ocurrir. Tienes que dejar el juego, Tony, y si eso significa buscar ayuda, búscala.

–Lo haré. Te lo prometo. ¿Vas a entrar?

–Ahora no. Cuéntales a papá y a mamá lo que ha ocurrido y lo que ha dicho Leno. Los llamaré mañana.

Tony salió del coche y luego se inclinó para mirarla.

–Oh, Dios, Sam. ¿He arruinado tu vida?

Sam sintió un dolor profundo al escuchar aquellas palabras. Aunque sólo tenía ganas de llorar, consiguió hablar.

–Ya sabes lo que dicen. La vida es lo que ocurre

mientras estás haciendo otros planes. Ahora entra. No los tengas preocupados más tiempo. Y recuerda, no les digas nada a los demás.

–No te decepcionaré, Sam. Te lo prometo –contestó su hermano, y entró en la casa.

Una vez sola en el coche, Sam cerró los ojos por un momento, luego encendió el motor y se marchó. ¿Cómo iba a decirle a su hermano que le había arruinado la vida? No iba con ella. Sólo le pedía que mantuviese su promesa y dejase el juego. Porque entonces cualquier sacrificio habría valido la pena.

Para cuando llegó a su casa, era tarde y estaba exhausta. No la ayudaba el hecho de haberse saltado una comida, pero no le apetecía comer. Miró a su alrededor y vio todas las cosas que había dejado tiradas aquella misma mañana, cuando Ransom la había dejado allí. Entonces había pensado que tenían el resto de sus vidas para estar juntos. Pero ya sabía que eso había quedado reducido a unas cuantas horas.

Se hundió en el sofá y colocó su mano temblorosa sobre su corazón. Casi pudo escuchar cómo se rompía. Ransom. Su nombre era como un dolor profundo en su interior. Ansiaba verlo, pero no se atrevía. No hasta que no supiera lo que iba a hacer. Pero podría hablar con él. Su voz sería un bálsamo sobre la herida abierta en el hueco donde había estado su corazón.

Alcanzó el teléfono y tuvo que tragar saliva varias veces antes de atreverse a marcar. Cuando Ransom contestó, una lágrima cristalina le nubló la vista.

–Hola. ¿Te he despertado? –preguntó ella, imaginándoselo sentado en su cama.

–¿Sam? ¿Va todo bien? –preguntó él inmediatamente.

–Sí –contestó ella sintiendo el nudo que se iba formando en su garganta–. Sólo quería escuchar el sonido de tu voz. ¿Qué tal ha ido el día?

–El jurado aún está deliberando. Esperamos que mañana haya un veredicto. ¿Qué tal la cena con tu familia? –preguntó Ransom mientras bostezaba.

–Ruidosa, como siempre –contestó ella. Deseaba con todas sus fuerzas no haber ido a casa de sus padres aquella noche, pero sólo habría retrasado lo inevitable. Si ella no hubiera ido a sus padres, ellos habrían ido a ella.

–Parece que son como yo –dijo él–. La próxima vez iré contigo. Así no tendrás que echarme de menos.

–Me gusta cómo suena eso –dijo ella sintiendo cómo se le contraía el corazón ante la certeza de que no habría una próxima vez.

–Dios, ojalá estuvieras conmigo ahora –dijo él–. Esta cama es demasiado grande y solitaria sin ti.

–Sólo es una noche –contestó ella cuando fue capaz de controlar su voz. Se odiaba a sí misma por mentir pero no había otra cosa que pudiera hacer. Se daba cuenta de que llamarlo había sido un error. Después se sentiría peor, no mejor.

–Supongo que tienes razón. Para compensarte, come conmigo mañana. No puedo pasar cuarenta y ocho horas sin verte –dijo él y, aunque ella sabía que no sería sensato, se aferró al pequeño salvavidas que él le ofrecía.

–Comer sería fantástico. Dime el lugar y la hora y allí estaré –prometió Sam. No pasaría nada. Para entonces ya habría decidido cómo romper con él.

Ransom nombró un restaurante cerca del juzgado y ella acordó reunirse con él a la hora señalada. Sam escuchó cómo bostezaba de nuevo y supo que tenía que colgar.

–Te dejaré que sigas durmiendo.

–Me alegra que hayas llamado. Buenas noches, cariño.

–Buenas noches, Ransom –contestó ella, y mantuvo

el auricular pegado a su oreja hasta que supo que él había colgado.

Apretando el teléfono contra su pecho, finalmente dio rienda suelta a sus lágrimas. Llevaban consigo una impotencia desesperante. La impotencia de la pérdida. Anunciaban la muerte de sus sueños y la perspectiva de un futuro desolador y vacío sin el hombre al que amaba.

Capítulo 2

SAM estaba sentada a la mesa junto a la ventana de un restaurante y esperaba la llegada de Ransom. Su reloj le decía que llegaba un poco tarde, pero aún no estaba preocupada. No era fácil escaparse del juzgado a tiempo. Se sentía como adormecida. Lo cual era extraño porque, entre los llantos y las vueltas a la cabeza, no había dormido mucho la noche anterior.

Al pensar en eso, sacó un espejo del bolso para comprobar su apariencia. Afortunadamente la hinchazón de alrededor de los ojos había desaparecido. Parecía normal, que era lo único que podía esperar.

Suspirando, colocó la barbilla sobre sus dedos entrelazados y observó el mundo pasar. Había pasado la noche pensando en los detalles de cómo sería su ruptura con Ransom. Le habían prohibido decir la verdad, así que las opciones eran escasas. Por supuesto, podría decirle que no quería verlo más, pero Ransom no era el tipo de hombre que aceptaría eso sin una buena razón. Finalmente había decidido que tendría que finalizar su relación de tal modo que él no quisiera volver a verla más.

Unas manos sobre sus hombros le hicieron dar un brinco y mirar hacia arriba. Ransom estaba allí, sonriéndole. Se inclinó y le dio un beso en sus labios temblorosos.

–Estabas en otra parte. ¿En qué estabas pensando? –preguntó él mientras se sentaba frente a Sam. Le tomó una mano por encima de la mesa y la mantuvo agarrada.

–En nada. En esto y en aquello.

–Y yo que pensaba que estabas pensando en mí –dijo él arqueando una ceja.

–No quiero que te conviertas en un creído.

–¿Quieres decir que crees que soy perfecto tal como soy? –preguntó él con una sonrisa maliciosa–. Bueno, no puedo discutirte eso. Estás muy guapa. No puedo dejar de admirar lo guapa que estás.

Sam se rió levemente, asombrada con la facilidad que tenía Ransom para dejarla sin aliento.

–No estoy guapa –contestó. Se consideraba más bien normal. Una melena rubia y un par de grandes ojos azules no tenían nada de especial. Sin ser nada engreída, se consideraba a sí misma moderadamente atractiva más que guapa.

–Para mí sí –la contradijo él manteniéndole la mirada.

–Sólo dices eso porque crees que te llevará a alguna parte –bromeó ella sintiéndose cómo en su interior el adormecimiento iba desapareciendo.

Riéndose, Ransom le soltó la mano y tomó la carta.

–Tienes razón, jovencita. Tengo unos planes muy concretos para ti.

–¿Ah, sí? Tendré que consultar mi agenda para ver si estoy disponible –contestó Sam.

–Lo estarás –dijo él con total seguridad.

Aquella seguridad en sí mismo era insoportablemente dolorosa, y Sam tuvo que bajar la mirada y concentrarse en su carta. Había planeado decirle adiós allí, donde el hecho de estar en un sitio público lo mantendrían alejado de decir ciertas cosas, pero sabía que no podía hacerlo. Cuanto más hablaba él, menos control tenía ella sobre sí misma, así que, si trataba de rechazarlo, acabaría llorando y eso no serviría de nada. No era el momento adecuado. Tendría que intentarlo de nuevo en otra ocasión.

–He estado pensando –dijo Ransom. Ella levantó la mirada y lo encontró observándola por encima de su menú–. Tengo algunos días libres, y tú también debes de tenerlos. ¿Por qué no nos escapamos juntos una semana? Podríamos ir a la costa y te iniciaría en los placeres de la navegación. ¿Qué te parece?

–No sabía que fueses marinero –dijo Sam sorprendida.

–Aún no lo sabes todo sobre mí –bromeó él–. Para que lo sepas, aprendí a navegar casi antes que a andar. Eso dice mi madre. Me encanta, pero todavía no tengo barco propio. Algún día lo tendré. Entonces podremos navegar alrededor del mundo y no volveremos hasta que estemos listos. ¿Qué te parece?

Era un sueño maravilloso. Sam sólo deseaba poder compartirlo con él.

–Suena perfecto, pero creo que primero deberíamos tomarnos esa semana por si acaso resulto ser una pésima marinera.

–Entonces tenemos un trato –declaró él alegremente, y volvió a centrar su atención en el menú–. ¿Qué vas a pedir?

–Creo que ensalada de pasta –contestó ella.

–Mmm, a mí también me apetece pasta. ¿Qué tal si...? –cualquier cosa que fuera a decir quedó suspendida en el aire cuando el busca que llevaba comenzó a pitar–. Maldita sea –murmuró mientras lo sacaba de su bolsillo para ver qué pasaba–. Lo siento, cariño, pero tengo que irme. Es de Ian, lo cual significa que el jurado debe de haber vuelto. Escucha, cena conmigo esta noche. A las ocho en mi casa. No llegues tarde –añadió, se puso en pie sin darle tiempo a Sam a decir nada, le dio un beso y se dirigió a la puerta.

Sam dejó escapar un suspiro y se recostó en su

asiento. Aquello era horrible. Ahí estaba él, haciendo planes para un futuro que nunca tendrían, y ella no había tenido el valor de decírselo. Esa noche tendría que ser firme, porque no era justo para él. Aquella idea terminó por quitarle el poco apetito que le quedaba, así que dejó algo de dinero sobre la mesa y se marchó.

Aquella noche condujo a casa de Ransom con una resolución de acero. Había hablado con sus padres aquella mañana y había ignorado todos sus intentos por hacerlo cambiar de idea. Cuando contactó con ellos de nuevo más tarde, ya habían firmado el acuerdo y se estaban llevando a cabo los preparativos para la marcha de Tony a Australia. Lo cual la dejaba sólo a ella con asuntos sin resolver.

Por supuesto, habría sido mucho más fácil llamar a Ransom y decirle que no podía seguir viéndolo, pero eso le parecía de cobardes. Él se merecía que se lo dijese en persona. Lo que ella dijera no debía dejarle lugar alguno para la esperanza, porque no había esperanza. Sam sabía que lo mejor que podía hacer por él era hacer que no quisiera volver a verla más. Sólo tenía que tratar de hacerle el menor daño posible.

Ransom tardó un poco en abrir la puerta, y ella tuvo que sonreír cuando lo hizo. Llevaba puestos unos vaqueros y una camisa remangada. Llevaba anudado a la cintura un trapo de cocina, y Sam se dio cuenta de que estaba preparando la cena él mismo.

Él la miró de arriba abajo y Sam observó el fuego en sus ojos. Obviamente le gustó lo que vio. Ella había elegido una camiseta azul zafiro para que hiciera juego con sus ojos y unos pantalones de noche negros para seducirlo. Era importante para ella tener buen aspecto para la tarea que tenía que llevar a cabo.

–No sé si comerme la cena o comerte a ti –dijo él

cerrando la puerta tras ella con una mano y acercándola a su cuerpo con la otra. Apretó los brazos a su alrededor cuando se inclinó para besarla.

Aunque no era lo que había planeado, Sam no pudo evitar devolverle el beso con una desesperación silenciosa. Un beso no era suficiente y, cuando los besos se multiplicaron, la pasión se hizo más intensa. Lo deseaba y lo necesitaba desesperadamente, pero no se atrevía a ir más allá. No sería justo.

Un pensamiento que finalmente le dio la fuerza para separarse.

–Me has invitado aquí para cenar, no para ser la cena, recuerda –dijo ella casi sin aliento.

Él le colocó las manos sobre los hombros y sonrió.

–¿Puedes pensar en la comida en un momento como éste? –preguntó él.

Sam miró hacia la cocina y arrugó la nariz.

–Creo que tú también deberías. Algo está empezando a quemarse.

Ransom la soltó inmediatamente y corrió hacia la cocina. Retiró una sartén del fuego y dijo:

–No pasa nada. Sólo un poquito tostado por los bordes. Es culpa tuya, por hacer que me olvide de todo.

Sam estaba mirando la mesa que había puesto. Había servilletas y copas de cristal. Dos rosas perfectas y candelabros.

–¿Qué celebramos? –preguntó ella, y entonces lo supo–. Ah, claro. Has ganado el caso.

Ransom volvió a entrar en la habitación con un cuenco de ensalada que dejó en la mesa.

–Eso también –confirmó–. Enciende las velas, por favor –añadió antes de desaparecer de nuevo.

Ella obedeció, sabiendo que sería una grosería marcharse demasiado pronto. El caso era importante para él. Lo menos que podía hacer era celebrar con él el feliz desenlace. Luego haría lo que había ido a hacer y se marcharía. En su interior sabía que estaba retrasando el temido momento hasta el último minuto.

Fue un tiempo agridulce, compartiendo la gloria de Ransom. Los dos se rieron, charlaron y celebraron su éxito con una botella de vino blanco. Cuando Ransom se retiró para hacer café, Sam supo que no se había hecho ningún favor quedándose, pero no podía arrepentirse. Así que sonrió cuando él regresó y disfrutó de aquellos últimos momentos de felicidad.

Sam no podía recordar de qué se estaba riendo cuando de pronto de dio cuenta de que Ransom la estaba mirando en silencio como si fuera la criatura más maravillosa que hubiera visto jamás. La risa murió en sus labios cuando sus miradas se encontraron.

–Cásate conmigo –dijo él sin más.

–¿Qué?

–He dicho que te cases conmigo. Te estoy pidiendo que seas mi esposa, Sam.

Ella se quedó petrificada, asombrada ante la certeza de que aquél era el momento que tanto había esperado. Deseaba decir que sí y pasar el resto de su vida con él, pero supo que acababa de darle la oportunidad ideal para romper su relación en pedazos.

Sabiendo que la vacilación sería fatal, comenzó a reírse.

–Estás bromeando, ¿verdad? –preguntó ella llevándose una mano al corazón–. Chico, casi haces que me lo crea. No estoy para nada interesada en el matrimonio ni en todos esos compromisos en este momento –añadió, y agarró un pedazo de pan, mordisqueándolo hasta casi atragantarse.

–¿De qué diablos estás hablando? –preguntó él finalmente.

–Me alegra que hablemos de esto abiertamente. La verdad es que no quiero atarme –continuó Sam sintiendo cómo su corazón se le aceleraba por momentos.

–Para ya. No es el momento de andarse con bromas –ordenó Ransom–. Te quiero, Sam, y sé que tú me quieres. ¿O me estás diciendo que ha sido todo una mentira?

–Bueno, por supuesto que te quiero, Ransom. Eres un hombre muy guapo, y el sexo es fantástico, pero... –fingió fijarse por primera vez en la expresión de su cara y se llevó la mano al cuello–. Oh, Dios. ¡Hablabas en serio!

Ransom se quedó rígido. Lo único que Sam pudo ver que se movía era el pulso en su cuello.

–¿Qué sucede, Sam?

Sam sintió que se le rompía el corazón al ver el dolor sustituir a la felicidad en sus ojos.

–Nada. Lo juro. Parece que hemos confundido nuestras intenciones. Lo siento, Ransom. Pero supongo que sabrías que yo sólo buscaba pasar un buen rato.

–¿Un buen rato? –repitió él con frialdad.

–Ya conoces cómo son esas cosas –dijo ella obligándose a sonreír–. Cenar, ir al teatro. Sexo maravilloso.

–No me tomes el pelo, cariño. Yo nunca he recibido ese mensaje de ti.

Por supuesto que no. Ella lo amaba. Pero se había acabado.

–Si quisiera que los buenos ratos duraran, ¿cómo iba a ser tan superficial? Lo siento si lo has malinterpretado pero, la verdad, si es matrimonio lo que quieres, será mejor que te busques a otra mujer.

Se puso en pie sin saber si le aguantarían las piernas y se dirigió hacia donde había dejado la chaqueta, recogiéndola y colgándosela del brazo frente a ella como un escudo. El corazón le dolía al ver la frialdad en el rostro de Ransom.

–Creo que será mejor que me vaya –dijo ella. Ansiaba poder rogarle que no la odiara pero, al fin y al cabo, el odio sería lo que lo ayudaría a olvidarse de ella–. Adiós, cariño. Quizá algún día nos volvamos a ver –añadió, y salió del piso.

No había palabras suficientes en ningún idioma para describir cómo se sentía en ese momento. Las pocas defensas que había conseguido reunir quedaron reducidas a nada. El dolor surgió en su interior como una ola gigantesca y, durante unos minutos, fue incapaz de moverse. Sólo el temor de que Ransom la encontrara ahí la hizo reaccionar y bajar las escaleras para meterse en el coche. Trató de contener las lágrimas durante todo el trayecto de vuelta. Una vez en su casa, sucumbió a su tristeza y lloró durante toda la noche.

Cerca del amanecer, finalmente entró en un sueño profundo e inquieto.

Un estado del que la sacó el sonido del timbre. Se acercó a la puerta pensando que sería el cartero y se quedó de piedra al descubrir que se trataba de Ransom. Tras haberse convencido a sí misma de que no volvería a verlo, se quedó demasiado sorprendida como para evitar que él pasara frente a ella hasta entrar en el salón.

Sam sabía que había ido en busca de más explicaciones. Lo siguió hasta el salón y se preparó para lo que se avecinaba. Ransom tenía un aspecto sombrío, el resultado patente de una noche de insomnio. Sam ansiaba poder abrazarlo para reconfortarlo, pero eso sólo la desviaría de su objetivo. Tenía que ceñirse a su plan, así que se cruzó de brazos y suspiró.

–Sinceramente, Ransom, ¿esto no podía esperar? –preguntó ella y, para su sorpresa, sonó aburrida, asombrándose a sí misma de sus capacidades interpretativas.

–No –contestó él con ferocidad–. ¡Quiero una explicación de lo que ocurrió anoche!

–Me pediste que me casara contigo y yo te dije que no.

–Hay más que eso. Juzgar a las personas se me da mejor que todo eso. Sé que queremos las mismas cosas. Ser una familia, tener hijos, hacernos viejos juntos.

Sam podía sentir todas esas emociones dentro de él, y se preguntó si sería capaz algún día de perdonarse a sí misma por lo que lo estaba haciendo pasar.

–Ah, venga, Ransom. Tú no te creerás todo lo que oyes, ¿no? De acuerdo, puede que yo dijera eso, pero no en serio. Una persona dice muchas cosas cuando quiere mantener feliz a un hombre. Me proponía algo bueno. ¿Qué más da si te dije algunas mentiras piadosas? La verdad es que no quiero un marido ni una familia. Has elegido a la mujer equivocada para eso –dijo ella fingiendo un bostezo. Entonces, como golpe de gracia, se acercó a él y comenzó a juguetear con el botón de su chaqueta de cuero–. Sin embargo, a mí me encantaría que las cosas siguieran igual, si tú quieres.

Él le apartó la mano con una mirada de desprecio y dijo:

–No gracias, ni aunque fuera un regalo. Me has tomado por tonto, Sam, pero ya no más. No quiero tener nada más que ver contigo.

–A veces se gana, a veces se pierde –dijo ella con un suspiro–. Cuídate, Ransom. Ahí fuera hay toda una jungla.

Ransom la miró durante unos segundos apretando la mandíbula y luego la señaló con el dedo.

–Será mejor que no intentes esto con nadie más, cariño. Puede que otros no sean tan pacientes como yo. Yo sólo quiero matarte. Otros puede que lo intenten.

Y con eso, salió dando un portazo de su casa y de su vida. Sam se quedó mirando a la puerta y finalmente las lágrimas comenzaron a resbalar por sus mejillas.

–Te quiero –susurró con dolor mientras su corazón

estallaba en mil pedazos. Su único consuelo era saber que había hecho lo correcto. Puede que la odiase en ese momento, pero lo superaría. En cuanto a ella, sabía que nunca podría.

En los días siguientes, Sam lloró por Ransom hasta que ya no le quedaron lágrimas. Entonces, decidió tratar de disimular su angustia y encarar el futuro sin él.

Cuando cenó con Leno aquel sábado por la noche, descubrió que éste tenía planeada una gran boda. Ella habría preferido algo más discreto, pero accedió a sus planes porque él pensaba realmente que le estaba dando algo con lo que disfrutaría. Trato de protestar cuando la llevó a elegir el anillo. El enorme diamante era demasiado ostentoso para ella, pero Leno declaró que quería darle lo mejor, así que accedió.

La fiesta sorpresa de compromiso, celebrada en uno de los mejores hoteles de Londres, fue una velada de la que consiguió salir inmune con una sonrisa pegada en la cara durante todo el tiempo. No se había dado cuenta hasta entonces de la importancia que tenía Leno, al ver a la prensa esperando a tomar innumerables fotos de la pareja.

Cualquier cosa que Leno quisiera ocurría como por arte de magia. En cuanto se fijó la fecha del enlace, contrató a una importante diseñadora para confeccionar el vestido de boda. Sam trató de encargarse de los preparativos, intentando cuadrar sus escapadas de compras en su agenda de trabajo, pero finalmente tuvo que renunciar a ello. Los regalos llegaban de todas partes, hasta hacerle desear gritar que no podía ser real. Sin embargo era todo muy real.

A una semana de la boda, Sam consiguió escapar de su última prueba para el vestido y supo que necesitaba unos momentos de paz o se volvería loca. Ella y Ransom habían disfrutado caminando por los jardines de Kensington y, de pronto, sintió la necesidad de ir allí. Ir a algún sitio donde hubiese sido feliz. Segundos después estaba parando un taxi.

En cuanto comenzó a andar por los caminos del parque, Sam sintió que podía respirar de nuevo. Sintió cómo la paz la inundaba y, tras un rato, divisó un banco vacío y se sentó. Todo parecía muy normal allí. No como su vida, que era como un tren a toda velocidad. Cerró los ojos y dejó que la tranquilidad la embargara.

No se dio cuenta de que alguien se había sentado al otro extremo del banco hasta que la persona habló.

–Así que no era al matrimonio a lo que te oponías, sino a la falta de riqueza del hombre que te lo pedía –declaró Ransom con frialdad. Sam abrió los ojos sintiendo cómo el corazón se le contraía.

–¿De dónde has salido? –preguntó sorprendida.

–Pasaba por aquí, te vi salir de un taxi y te seguí. Quería darte la enhorabuena por tu inminente boda.

–¿Cómo te has enterado?

–Un compañero mío vio un artículo en un periódico y reconoció tu nombre. Pensó que podría estar interesado –explicó Ransom, y se rió sarcásticamente–. Formáis una pareja muy atractiva. Es una pena que él sea lo suficientemente viejo como para ser tu padre, pero ¿qué demonios? Está forrado, así que es todo un partido.

Sam tragó saliva, incapaz de dar voz a la mentira y decir que Leno le importaba. Sin embargo levantó la barbilla y lo miró.

–Puedo casarme con quien a mí me dé la gana y por la razón que sea.

Ransom se rió con frialdad.

–Y él tiene varios millones de razones para gustarte.

–No me caso con él por su dinero –contestó ella rápidamente.

–Perdóname si no te creo. Creo que fui afortunado por no tener el suficiente dinero para tu gusto. Me pregunto cuánto tiempo habría tardado en darme cuenta de que no era a mí a quien querías, sino a mi dinero –contraatacó Ransom–. Quizá debiera dejarle claras algunas cosas.

La sugerencia hizo que a Sam le diera un vuelco el corazón. Lo último que quería era que Leno conociera a Ransom.

–No será necesario –contestó ella–. Leno y yo tenemos un acuerdo.

–Ya lo entiendo. Él consigue su trofeo y tú consigues gastarte su dinero. ¿Cómo pude pensar que estaba enamorado de ti? ¡Los dos os merecéis el uno al otro!

Cada palabra que utilizó le llegó al corazón con una precisión devastadora. Si antes no la odiaba lo suficiente, desde luego ya sí.

–¿Has terminado? –preguntó ella con una calma que no sentía.

Ransom la miró de arriba abajo como si nunca antes la hubiera visto.

–Dios, eres fría como el hielo. Nada te afecta, ¿verdad? Está bien, cariño, he terminado. Espero que disfrutes de tu fortuna. Quizá eso te mantenga caliente por las noches.

Con esas últimas palabras, Ransom se puso en pie y se alejó. En esa ocasión, Sam no lloró, porque el dolor era demasiado profundo. Se quedó mirando la belleza a su alrededor sin de verdad apreciarla y colocó los primeros bloques de la pared de hielo que, finalmente, recubriría su corazón para mantenerlo seguro. Al fin y al cabo, albergaba su posesión más preciada: su amor por él.

Cuando finalmente comenzó a caminar sobre sus pasos, lo hizo con los sentimientos encarcelados bajo el hielo y con la determinación de no mirar atrás. Fuera lo que fuera lo que ocurriese a partir de ese momento, nada la afectaría, ni el dolor ni la alegría. Porque ésas eran cosas del pasado, y eso había acabado para siempre.

Capítulo 3

SAM observó el encantador paisaje de Norfolk desde el coche y suspiró satisfecha. Era feliz, y eso era algo que jamás hubiera pensado poder volver a ser. Por supuesto, no estaba sumamente feliz, pero sabía que nunca sentiría algo parecido a eso jamás.

Cuando su marido Leno había muerto súbitamente de un ataque al corazón seis meses antes, Sam se había encontrado en una encrucijada. No había vuelto a Inglaterra en más de seis años. Lo que había comenzado como una larga luna de miel se había convertido en una estancia permanente. Sam había albergado la esperanza de quedarse en Italia, donde la gente, y la familia de Leno en particular, había sido amable con ella.

Ella había hecho todo lo posible por ser una buena esposa y, como Leno había sido un buen hombre, su matrimonio no había sido un completo desastre. La había colmado de regalos para demostrar su afecto por ella, introduciéndola en un estilo de vida con el que ella jamás hubiera soñado. La única pena de Leno había sido la ausencia de hijos. Sam no había hecho nada para remediarlo. Simplemente era algo que no podía ocurrir.

Él había sido bueno con ella y ella había llorado su pérdida. A causa de la situación que había rodeado su matrimonio, ella no había imaginado heredar toda su fortuna, pero finalmente la había heredado. En ese momento había decidido regresar a casa. Sabía que tenía más dinero del que jamás podría gastar, y que tendría más que suficiente para vivir y, aun así, ahorrar el resto.

Razón por la que ella era la pasajera de aquel poderoso descapotable aquel día.

Alex Hunt, el hombre que conducía, conocía a la perfección todos los giros y trucos de la carretera por la que circulaban, porque la llevaba a visitar a sus padres. Era la quinta visita de Sam y estaba ansiosa por llegar, porque se llevaba bien con David y Ellen Hunt. La fundación Grimaldi, que Sam había levantado en nombre de su marido, estaba ayudando a la construcción de una nueva residencia para enfermos terminales. Era el primer proyecto de la fundación y Sam estaba al tanto de las últimas novedades. De ahí las visitas regulares.

Alex tomó una curva y Sam observó sonriendo la soltura con la que manejaba el vehículo. No lo conocía desde hacía mucho, pero se habían hecho amigos con rapidez. A pesar de haber cumplido treinta años hacía un par de meses, él tenía un entusiasmo adolescente por los coches rápidos.

Alex debió de sentir sus ojos observándolo, porque giró la cabeza y preguntó:

–¿Por qué sonríes?

–De hecho estaba pensando que quieres más a tu coche que a una mujer.

–*Mais, non!* Sabes que a ti te quiero con locura, Sam.

Sólo era una broma pero, por un momento, su cabeza se llenó con el sonido de otra voz diciéndole que la quería, y su corazón se encogió. Entonces apartó el recuerdo de su mente, porque estaba totalmente fuera de lugar en ese momento.

–Chico, saldrías corriendo si te tomara en serio –dijo ella riéndose.

–En eso tienes razón –convino él inmediatamente, centrando su atención en la carretera.

Albergando la esperanza de que aquel sentimiento permaneciera, Sam volvió a mirar por la ventana. Jugueteó con sus anillos de boda y de compromiso. Seguía llevándolos. No porque significaran algo para ella, sino porque, de ese modo, mantenía alejados a los hombres que no le interesaban. No estaba en el mercado para complicaciones emocionales.

Mirando su reflejo en el cristal, Sam apenas reconocía a la mujer de veintiocho años que había amado sólo a un hombre en toda su vida, y que se había casado con otro. Tenía el pelo cortado a la moda, llevaba ropa cara y joyas y podía relacionarse sin dificultad con los ricos y famosos del mundo. Si Ransom la viese en ese momento, ¿la reconocería?

Aquel pensamiento salió de la nada, al igual que los dedos invisibles que agarraron su corazón. Había aprendido por las malas la respuesta a la pregunta de qué ocurría con aquellos a los que se les rompía el corazón. Recogían los pedazos y seguían adelante. Pero ya nunca volvían a ser los mismos. Algo quedaba irremediablemente perdido. En su caso era su corazón, la mayor parte del cual se había ido con él. Nunca habría otra persona capaz de llenar el hueco vacío en su interior. Sabía que siempre lo querría y que siempre se odiaría a sí misma por lo que le había hecho.

–No queda mucho –dijo Alex interrumpiendo sus pensamientos.

Sam levantó la cabeza y vio frente a ella el desvío que los llevaría al sitio en el que había crecido Alex. La casa era una maravilla, con extensiones que se habían ido construyendo a medida que las antiguas generaciones habían ido necesitando más espacio. De modo que el interior era como una madriguera de escaleras y pasillos. A Sam le encantaba.

Junto a ella, Alex giró el volante para tomar la carretera que se dirigía hacia la costa. Hubo varios desvíos más hasta que finalmente cruzaron las puertas que daban acceso a la pequeña finca. Los Hunt tenían dinero. David Hunt se había retirado a la casa familiar en Norfolk tras una larga carrera en las finanzas. Alex seguía los pasos de su padre.

–Parece que Karl ha venido a pasar el fin de semana –observó Alex al ver a su hermano mayor al pie de las escaleras de entrada. Karl los saludó con la mano y luego se giró, como si alguien a quien no podían ver le hubiera dicho algo–. Normalmente las cosas se animan cuando viene Karl.

Sam lo había conocido en otra visita y había disfrutado de su compañía.

Alex paró el coche y los dos bajaron. El sol era casi cegador, así que Sam se puso las gafas de sol con rapidez.

–Desde luego, ha merecido la pena venir a casa. Las rubias guapas con curvas en los lugares adecuados siempre han sido mi debilidad –dijo Karl Hunt mientras bajaba las escaleras.

–Por no mencionar a las morenas y a las pelirrojas –dijo una voz masculina desde las sombras del porche.

Al oír esa voz, Sam sintió cómo un escalofrío recorría todo su cuerpo y miró a su alrededor. Reconocería esa voz en cualquier parte. Se le había quedado grabada a fuego en la mente y en el corazón. Lo que acababa de oír era la voz de Ransom Shaw, pero ¿cómo podía ser posible?

Sin ser consciente de su sorpresa, Alex ya se estaba riendo mientras se giraba hacia el hombre que, finalmente, salió a la luz. Se colocó al pie de los escalones, observándolos con una amplia sonrisa en la cara, y Sam apenas pudo creer lo que vieron sus ojos. Se trataba de Ransom.

Sintió como si el suelo se moviese bajo sus pies por un segundo. Se le quedó la boca seca y el corazón comenzó a latirle a toda velocidad. No podía quitarle los ojos de encima. Sólo entonces se dio cuenta de lo mucho que lo había echado de menos. Estaba tal y como ella lo recordaba. Iba vestido con unos vaqueros gastados, que se ajustaban a sus piernas largas, y una camisa azul con las mangas remangadas.

Karl se puso frente a ella bloqueando su visión.

–Es un placer volver a verla, señorita Grimaldi –dijo él ofreciéndole la mano.

La interrupción fue como un jarro de agua fría para Sam. Puede que Ransom siguiera siendo su único y verdadero amor, pero no le cabía ninguna duda de que, para él, las cosas serían diferentes. La odiaría. ¿Cómo podía no odiarla cuando ella le había hecho tanto daño? Su decisión había sido desoladora, pero se había visto obligada a tomarla, porque la alternativa había sido impensable.

Sam trató de recuperar la compostura. Tenía que parecer y actuar como si estuviera calmada, aunque no fuera así. Era doloroso verlo de nuevo así, pero nunca habría resultado fácil. Sabía perfectamente lo que vería en sus ojos cuando la reconociera, y debía prepararse para ello.

Aferrándose a la elegancia que había adquirido siendo la mujer de un hombre rico, Sam se quitó las gafas de sol y sonrió.

–Llámame Sam, por favor, Karl. ¿Cómo estás? –preguntó ella mientras un sorprendido Alex se movía y caminaba hacia delante con la mano estirada.

–¿Ransom? Menuda sorpresa. ¿De dónde has salido? No te había visto en años.

Desde su posición, detrás de Alex, Sam observó a Ransom bajar los peldaños y darle la mano a Alex. No tenía ni idea de que se conocían. ¿Cómo diablos era posible?

Advirtiendo su sorpresa, Karl le explicó la situación.

–Ransom y yo fuimos juntos a la universidad. Los dos estudiamos Derecho y a los dos nos encanta navegar. Pasó unas semanas aquí un verano, cuando sus padres estaban en el extranjero. Después de la universidad, solíamos reunirnos ocasionalmente. Pero luego perdimos el contacto. Ya sabes cómo son esas cosas. El otro día me tropecé con él y lo invité a venir. Como en los viejos tiempos –añadió Karl.

–Seguro que teníais muchas cosas que contaros –respondió ella sabiendo que no sería igual con Ransom y con ella. Dudaba incluso que él quisiera hablarle.

–Y que lo digas. Resulta que tiene un barco amarrado en la costa. Se acordó de los buenos momentos que había pasado aquí y decidió intentarlo –añadió Karl.

Sam sabía que era una de esas situaciones que jamás podían anticiparse. Si ella hubiera ido allí otro fin de semana, jamás habría descubierto que Ransom tenía una ligera relación con la familia de Alex. El destino había decidido volver a juntarlos y parecía como si alguien ahí arriba estuviese gastándoles una broma bastante cruel.

–Llegué ayer –escuchó Sam contestar a Ransom a la pregunta de Alex.

–Espera un segundo, ¿no he leído en alguna parte que estabas en el Atlántico Sur peleándote con una belleza americana? –preguntó Alex bromeando y haciendo que a Sam se le revolviese el estómago.

Experimentó una inesperada sensación de celos ante la idea de que Ransom pudiera estar con otra mujer. Era absurdo, la verdad, porque Ransom no era ningún monje. Habría habido otras en los últimos años. Era sólo que no había esperado que se lo recordaran de ese modo. Imaginárselo con otras no era lo mismo que saberlo positivamente. Era el precio de seguir queriéndolo. Tenía todos los sentimientos pero ningún derecho.

–Era una belleza, de acuerdo. Respondía al más ligero roce. Pasamos un mes juntos pero, al final, tuve que llevarla a su casa –añadió Ransom con una sonrisa, haciendo que Alex se riera.

–Ésas son las buenas inauguraciones –dijo Alex.

La respuesta hizo que Sam se sintiera como una estúpida. No tardó en darse cuenta de que se referían a un barco y no a una mujer. ¿Cómo podía haberlo olvidado? Ella conocía la pasión de Ransom por la navegación. Parecía que su sueño de tener un barco propio finalmente se había hecho realidad. Sin embargo no se sentía exactamente aliviada de sentir alivio, porque habría sido mucho mejor no sentir nada.

Pero eso habría sido en un mundo ideal. Había sido catapultada a una situación que no esperaba y se veía sumergida en un mar de recuerdos, sin salvavidas a la vista. Lo único que podía hacer era mantenerse a flote lo mejor que pudiera hasta poder recuperar sus defensas.

Tras terminar con los saludos, Ransom tuvo la primera oportunidad de ver de cerca a la acompañante de Alex, y Sam se preparó para el golpe. Lo que comenzó siendo como una típica exploración masculina, pronto se convirtió en algo completamente diferente cuando la reconoció. Sus miradas se encontraron y quedaron atrapadas. Sam mantuvo la compostura, pero sus nervios estaban a flor de piel al sentir el poder que su mirada tenía para moverla por dentro. Al mismo tiempo pudo ver la sorpresa en aquellos ojos grises.

No debía de ser más que eso. Tras la sorpresa inicial, ambos deberían haberse recuperado. Al fin y al cabo, los dos habían evolucionado. El paso del tiempo les había permitido bajar la guardia excesivamente. Sam se sorprendió al descubrir que era como la primera vez que se habían visto, cuando algo inesperado y totalmente primario había surgido entre ellos.

En esa ocasión volvió a ocurrir con la misma fuerza, dejando clara la potente atracción que había entre ellos no había disminuido con el paso del tiempo. El aire a su alrededor parecía estar cargado de electricidad y, en un abrir y cerrar de ojos, los dos supieron que seguían siendo plenamente conscientes de la presencia física del otro. Fue una revelación devastadora, dadas sus circunstancias actuales. Sam sabía que se había puesto pálida, y vio cómo la sonrisa de Ransom desaparecía de sus labios. Ambos supieron que habían vuelto a conectar al más básico de los niveles.

Por lo que a Sam respectaba, era lo último que necesitaba en ese momento. Había luchado mucho por encerrar sus sentimientos hacia él en lo más hondo de su conciencia, porque torturarse a sí misma pensando en lo que podría haber sido era inútil. Sus sentimientos hacia él no habían cambiado, ni cambiarían. Lo amaba, y ser consciente de su presencia despertaba en ella cosas que era mejor dejar dormidas.

A juzgar por la tensión en su mandíbula, Ransom pensaba lo mismo. No querría sentir nada por la mujer que había preferido casarse con un rico antes que con él.

Ajeno a lo que sucedía, Alex se giró hacia Sam, vio la sorpresa en su rostro y confundió la razón.

–Eh, no es lo que parece. Estábamos hablando de barcos. Ransom navega como hobby. También hace carreras –dijo él.

–Se le da muy bien. Algún día formará parte del equipo olímpico –añadió Karl con orgullo.

–Parad ya –dijo Ransom metiéndose las manos en los bolsillos–. Estoy seguro de que ella no quiere oír hablar de eso.

Sam sabía que debía decir algo en respuesta, y se

sintió aliviada por haber aprendido a desenvolverse sola en todo tipo de circunstancias.

–Me temo que sé muy poco de barcos. No he subido a uno en toda mi vida –dijo ella educadamente con una sonrisa.

–Eso se puede remediar –dijo Alex–. Tienes que dejar que Ransom te lleve a navegar mientras esté aquí. Te encantará, te lo garantizo –declaró con entusiasmo.

Sam estuvo a punto de gemir en voz alta. No quería ir a ninguna parte con Ransom, y mucho menos en un pequeño barco.

–Realmente no me intriga tanto, Alex. Además, Karl y su amigo tendrán otros planes –dijo Sam tratando de desviar a Alex del tema. Pero estaba a punto de descubrir que él no se rendía fácilmente.

–Estoy seguro de que preferiría que tú fueras con ella –dijo Ransom al mismo tiempo, y sus miradas se encontraron durante el tiempo suficiente como para que Sam notara la burla en sus ojos.

–No seas tonto. Yo no soy marinero –dijo Alex al instante–. Creo firmemente en escoger a la mejor persona para cada trabajo. Y ése eres tú, Ransom.

Sam esperaba que Ransom se negara en rotundo, sin querer tener nada que ver con ella. Sin embargo, para ser un hombre cara a cara con la mujer que lo había tomado por tonto, parecía notablemente relajado.

–Estoy seguro de que… –comenzó a decir Ransom, y miró a los otros dos con las cejas arqueadas, obviamente buscando un nombre. Sam supo que los otros darían por hecho que no se conocían y, aunque eso le dolía, era mejor, porque lo que habían compartido formaba parte del pasado.

Alex de pronto cayó en la cuenta y dijo:

–Lo siento. Olvidé presentaros. Ésta es la señora Samantha Grimaldi, una amiga de la familia.

–Y este guapo diablo es mi viejo amigo de la universidad, Ransom Shaw –añadió Karl.

«Guapo diablo» era una descripción que le iba perfectamente, porque era guapo y ella sabía muy bien que sus ojos podían adquirir a veces un brillo diabólico. Una mirada así había hecho que su corazón se acelerase en más de una ocasión. Esa mirada había llevado a las caricias y el recordar todo eso le hizo dudar seguir las presentaciones de la manera normal. Aunque las buenas maneras no le dejaban otra opción.

Sam se dio cuenta de que el corazón se le iba a salir por la boca mientras estiraba la mano para estrechársela a Ransom, que la miraba con un brillo burlesco en los ojos. En el momento en que sus manos se tocaron, Sam sintió como si una corriente eléctrica recorriera su cuerpo.

–Encantada de conocerlo, señor Shaw –consiguió decir ella con una sonrisa.

–Lo mismo digo –dijo él inclinando la cabeza–, señora Grimaldi.

Mientras Ransom le soltaba la mano, rozó la palma de su mano con el pulgar y, a pesar de todo lo que hizo por evitarlo, Sam sintió que se quedaba sin aliento. Decidida a no mostrar lo inquieta que se sentía, mantuvo la sonrisa en los labios.

–Llámeme Sam, como todo el mundo –dijo frotándose la mano contra el muslo.

–Sólo si tú haces lo mismo y me llamas por mi nombre –dijo él, desafiándola con los ojos a que lo hiciera. Sam no tenía ninguna intención de echarse atrás.

–Entonces, Ransom.

–¿Y qué hay del señor Grimaldi? ¿Se unirá a ti? –preguntó Ransom. Pareció algo completamente educado, pero Sam reconoció en su tono cierto reproche.

–Mi marido murió hace seis meses –dijo ella estoicamente.

–Debe de haber sido duro para ti –dijo él con educación. Pero Sam lo conocía y sabía que lo que le estaba diciendo era exactamente lo contrario.

–Leno era un buen hombre. Lo echo de menos –dijo ella. Y era cierto. Se había acostumbrado a ser su esposa.

Ransom asintió con seriedad.

–Estoy seguro de que se te rompió el corazón al perderlo.

–Éramos felices –dijo ella sintiendo la ironía en sus palabras–. Interprétalo como quieras –añadió para dejarle claro que sabía lo que estaba pensando.

–Estoy seguro de que una mujer guapa como tú sabría cómo tratar el corazón de un hombre –añadió él irónicamente.

Sam se estremeció cuando le recordó que ella no se había preocupado por su corazón. Tomó aliento, levantó la barbilla y siguió sonriendo.

–Me tomaré eso como un cumplido –dijo.

–Puedo asegurarte que no pretendía ser otra cosa –dijo él arqueando una ceja.

–¿Y qué hay de ti, Ransom? ¿Estás felizmente casado? –preguntó Sam, decidida a seguir la batalla.

–Me temo que hará falta una mujer muy especial para hacer que Ransom abandone la soltería –dijo Karl.

Aunque fueron completamente involuntarias, esas palabras le produjeron un vuelco en el estómago. Una vez Ransom le había dicho que ella era especial. Para ella aquello significó todo, pero había seguido tratando de hacerle ver lo normal que era.

–No hay tantas –dijo Ransom–. A veces piensas que has encontrado a una pero no es más que un espejismo. No hay sustancia –añadió sin dejar de mirarla.

–Alex, ¿te he dicho que Ransom está entre los diez solteros más deseados de este país? –preguntó Karl, y se rió al ver la expresión de su amigo.

–Soy un hombre felizmente soltero –señaló Ransom.

–Eso es irrelevante –dijo Karl–. Estás disponible y eres más rico que un sultán. Eso es lo único que cuenta para las mujeres que quieren salir contigo.

Ransom puso cara de exasperación y dijo:

–No te parecería tan gracioso si estuvieras en mi pellejo. Desde que esa maldita lista salió el año pasado, no puedo dar un paso sin que aparezca una posible señora Shaw.

–Quizá deberías poner un anuncio a toda página en los periódicos diciendo que no estás disponible –sugirió Alex con una sonrisa.

–Eso nunca funcionaría –contestó su hermano–. Las mujeres siempre piensan que serán ellas las que cambien la mentalidad de un hombre.

Una vez más, Sam se estremeció por dentro. Ella no había necesitado cambiar la mentalidad de Ransom, porque ambos habían pensado y sentido de la misma manera. Era algo instintivo cuando una persona amaba a otra como para querer pasar el resto de su vida juntos, y ella había estado dispuesta a comprometerse, a casarse, a todo. Hasta que las acciones de su hermano lo habían cambiado todo.

–Cierto –convino Alex–. Lo siento, Ransom, pero me temo que tendrás que vivir con el hecho de ser uno de los hombres más buscados de este país.

Sam nunca había tenido problemas a la hora de captar el estado de ánimo de Ransom. En ese momento, aunque él se reía, no parecía nada sorprendido. Ella no se reía. Le había hecho daño y la necesidad de disculparse era demasiado fuerte. Tenía la oportunidad y la aprovechó.

–Tiene razón, no es divertido –dijo ella con suavidad, haciendo que los tres la miraran–. Quiero decir que debe de ser igual de horrible para un hombre saber que se lo quiere sólo por su dinero como para una mujer saber que se la desea sólo como compañera de cama. Es humillante.

A juzgar por el brillo burlesco de sus ojos, Ransom no se creía una palabra de lo que había dicho, pero no dijo nada al respecto. Simplemente se lo tomó al pie de la letra.

–Bueno, gracias, Sam. No todas las mujeres tienen esa mentalidad. Sin embargo, dudo que a ti te hayan humillado de esa forma alguna vez –contestó él, haciéndole sentir escalofríos por la espalda a pesar de la ironía patente en su voz. Era una sensación deliciosa de la que podía haber prescindido en tales circunstancias.

Sam sonrió ligeramente preguntándose adónde pretendería llegar con aquello.

–No, nunca me han humillado así –contestó ella.

–Claro, también puede ser al revés –dijo Ransom.

–Yo no… –comenzó a decir ella con el ceño fruncido.

–Quiero decir –dijo él sin dejar de mirarla a los ojos– que una mujer puede ser perseguida por su dinero, mientras que un hombre puede encontrarse a sí mismo no siendo más que un… compañero de cama. Igualmente humillante, ¿no crees?

Sam le mantuvo la mirada y no pudo culparlo por odiarla. Las heridas eran profundas. Ella lo sabía bien. Se rió ligeramente, levantó la barbilla y asintió.

–Sí –dijo–. Yo diría que eso es igualmente humillante.

Karl los miró a los dos y dijo:

–Esto está yendo demasiado lejos.

–Sí. Dejémoslos solos y vamos a recoger las bolsas –dijo Alex, y los dos se alejaron hacia el coche, dejando a Sam y a Ransom solos.

–¿Qué sabes tú? Hay algo en lo que estamos de acuerdo. ¿Quieres ir a por otra? –preguntó Ransom con sorna. Ella cerró los ojos por un instante.

–Ransom, yo… –no tenía ni idea de lo que iba a decir, pero tampoco tuvo la oportunidad de averiguarlo.

–No tenías por qué defenderme ante Karl y Alex –dijo él.

–Quizá no, pero siempre he odiado que la gente se ría a costa de los demás –contestó Sam.

–Karl es un viejo amigo. Los amigos están en el mundo para gastar bromas –señaló Ransom encogiéndose de hombros.

–Pero a ti no te ha gustado –dijo ella, recordándole, por si lo había olvidado, que había habido un tiempo en que ella lo comprendía muy bien.

–Cierto –admitió él–. Sin embargo, he aprendido a vivir con ello. Tú tendrás que hacer lo mismo. Por lo que sé, Alex seguro que recuerda cada estupidez que has hecho y la sacará a colación para su propio entretenimiento.

–¿Qué quieres decir con eso?

–Sólo te estoy dando algunos consejos para cuando te cases con él –explicó él.

–¿Casarme con Alex? ¿Por qué piensas que voy a casarme con él?

–Lo tienes en el punto de mira, ¿no es cierto? –repuso él con sequedad–. ¿Por qué si no estarías aquí? Tiene dinero, y convendrás conmigo en que una mujer como tú nunca tiene suficiente dinero.

Sam apretó los dientes ante aquel ataque. ¿Cómo se atrevía?

–Para tu información, Ransom Shaw, estoy aquí para ver a la madre de Alex.

Ransom sonrió, haciendo que toda su rabia desapareciera.

–Qué oportuna –dijo él.

–No estoy enamorada de Alex Hunt –respondió ella con severidad y sintiendo unas ganas tremendas de abofetearlo.

–Bueno, cariño, ambos sabemos que no tienes que

estar enamorada para casarte con alguien. Lo único que un hombre necesita es dinero suficiente para proporcionarte el estilo de vida al que estás acostumbrada.

–No tienes ningún derecho a decir eso, Ransom –dijo Sam, aunque sabía que, cualquier cosa que dijera, Ransom la iba a malinterpretar–. No soy una cazafortunas.

–¿No? Vamos a ver. ¿Cómo podrías convencerme de eso? Ya lo sé. Puede que te creyese si negaras que ese dinero tuvo algo que ver con tu matrimonio con Leno Grimaldi –declaró él. Ella lo miró, incapaz de mentir.

Ransom se carcajeó y dio un paso atrás, dejándole el espacio suficiente para poder respirar.

–Te lo advierto, Sam. No caigas en la trampa de creer que me conoces. Conocías a la persona que era hace años. Ya no soy ese hombre. Será mejor que te andes con cuidado y que nunca olvides que yo sé de lo que eres capaz.

–¿Eso debería inquietarme? –preguntó ella.

–Dudo mucho que nada pueda inquietarte –dijo él con una sonrisa–. Tienes nervios de acero. Si a eso le añadimos tu corazón avaricioso, te convierte en una mujer muy peligrosa. Razón por la cual creo que deberíamos tener una charla privada tú y yo –añadió con voz decidida.

Ella no le veía sentido a todo aquello y negó con la cabeza.

–No tenemos nada que decirnos.

–Creo que la situación lo requiere, ¿no?

Sam se cruzó de brazos y dijo:

–No hay ninguna situación, Ransom. Lo nuestro es agua pasada.

–Agua pasada, sí. Sin embargo, estaba pensando en lo que acaba de suceder entre nosotros.

Sam se puso de los nervios al recordar el momento en que sus manos se habían tocado. Era de esperar que él sacara el tema.

–Hemos conectado, pero no ha significado nada –contestó ella en actitud defensiva.

–Al menos deberíamos discutirlo –insistió él.

Ella se rió con incredulidad.

–No tiene sentido. Una reacción física no significa nada entre nosotros.

–Oh, eso me quedó claro la última vez –dijo Ransom–. Ya dejaste claros tus sentimientos en aquella ocasión. No tienes por qué repetirlo.

–Entonces déjalo estar –dijo Sam con un suspiro–. Tienes que creerme. No estoy interesada en Alex. Confía en mí.

–¿Confiar en ti? Hay criminales a los que he metido en prisión y en los que confiaría más que en ti, Sam –dijo él tajantemente. Ya no le quedaba duda de que su opinión sobre ella era la peor posible.

–Muy bien. Entonces no confíes en mí. Pero déjame en paz –consiguió decir Sam encogiéndose de hombros.

Seguramente Ransom habría respondido a eso con algún comentario ácido, pero los otros escogieron ese momento para reaparecer. Sam se sintió agradecida por la interrupción.

–¿Cuánto tiempo te vas a quedar, Ransom? –preguntó Alex mientras dejaba las bolsas en el suelo.

–Sólo el fin de semana. Karl les dijo a vuestros padres que tenía una sorpresa para ellos –contestó Ransom con una risa amarga.

–Naturalmente, pensaban que traería a una mujer –dijo su amigo–. Por fortuna su decepción desapareció cuando vieron a Ransom.

Estirando la mano, Ransom agarró las bolsas que Alex había dejado en el suelo y comenzó a subir los escalones hacia la casa.

–Está resultando ser un fin de semana de lo más sorprendente –dijo.

–¿Por qué no vais a saludar a papá y mamá mientras nosotros os llevamos las bolsas? Están en el jardín –sugirió Karl al llegar al final de las escaleras.

–Bien –asintió Alex–. No te olvides de que Sam se alojará en la vieja habitación de Catherine, Karl.

Catherine era su hermana. Se había casado y había abandonado el hogar familiar hacía algunos años.

Ransom se detuvo en seco y miró hacia atrás por encima del hombro con brillo en la mirada.

–¿Catherine no solía dormir en la vieja ala? –preguntó mientras miraba provocativamente a Sam.

–Eso es –asintió Alex–. Karl te enseñará el camino.

Ransom prosiguió su camino y Sam suspiró aliviada cuando desapareció de su vista. Fue como si hubiese desaparecido una potente fuente de energía y por fin pudiera relajarse. Esos últimos minutos habían sido tan tensos, que se sentía como si hubiera corrido una carrera.

Alex la guió hasta el jardín y ella lo siguió sin protestar. Cualquier lugar en el que Ransom no estuviese era un lugar perfecto en ese momento. Por supuesto, lo que realmente necesitaba era algún tiempo a solas para ver las cosas con claridad. Como eso no era posible, ese escaso descanso tendría que ser suficiente. Al menos tendría la oportunidad de recuperarse antes de que Ransom regresara. A juzgar por el primer asalto que habían tenido, iba a necesitar nervios de acero para superar el resto.

Capítulo 4

A SAM le habían gustado los Hunt desde su primera visita. Trabajar con ellos en el proyecto estaba resultando divertido, razón por la que ansiaba tanto las visitas. En esa ocasión la saludaron efusivamente cuando ella y Alex se reunieron con ellos junto a la mesa del jardín.

–Me encanta volver a verte, Sam. ¿Has visto ya a Ransom? –le preguntó Ellen Hunt a su hijo mientras le entregaba un vaso de limonada a Sam.

–Lo hemos visto fuera con Karl –dijo Alex mientras se servía la bebida–. ¿Cómo diablos habéis conseguido que Karl abandone su oficina?

–Tu madre lo amenazó –contestó David Hunt.

–¡Qué va! –exclamó Ellen dándole un golpe en el brazo–. No. Sólo le dije que no era bueno que se quedara encerrado en el despacho todo el tiempo. Se está convirtiendo en un adicto al trabajo. Viviendo tan lejos, no lo vemos lo suficiente.

–Deben de echarlo de menos –dijo Sam, y la mujer asintió con un suspiro.

–Echo de menos a todos mis hijos. Esta casa no parecía tan grande cuando teníamos aquí viviendo a lo que parecía una manada de elefantes. Pero ahora estamos los dos solos arrugándonos como un par de pasas.

–¡Llámate a ti misma «pasa» si quieres, pero no me incluyas! –protestó su marido guiñándole un ojo a Sam, que respondió con una sonrisa.

–Por suerte Karl ya había planeado venir a visitarnos –dijo Ellen sonriendo–, porque había planeado sorprendernos con Ransom. ¿Qué piensas de él?

Sam no esperaba tener que contestar a esa pregunta tan pronto. Habiendo dado la impresión de que no se conocían de antes, no le quedaba más remedio que seguir con la mentira.

–Me ha parecido… muy agradable.

Ellen la golpeó en la rodilla y dijo:

–Sabía que dirías eso. A todo el mundo le gusta Ransom. Es muy guapo y su estilo de vida le proporciona cierto carisma. Mis hijos también son guapos, por supuesto, pero trabajar en un banco o en una sala de juntas no proporciona la misma aura, me temo –añadió con una mirada de disculpa hacia su hijo pequeño.

–Ah, no sé –dijo Alex–. Yo no tengo problema alguno en lo que respecta a las mujeres.

–¿Te has asentado ahora que llevas un tiempo en Inglaterra? –le preguntó David a Sam–. ¿Qué tal va el trabajo? ¿Te tienen muy ocupada en el hotel?

Se refería al hecho de que, a su regreso a Inglaterra, Sam había tenido que encontrar algún sitio donde vivir. Pero también había tenido que buscar algo en lo que emplear su tiempo. Con su seguridad económica, había buscado un trabajo donde pudiera ser útil y no uno en el que ganara grandes cantidades. De modo que estaba trabajando en uno de los hoteles más prestigiosos de Londres, donde sus habilidades idiomáticas eran muy demandadas.

–Mi apartamento es perfecto –dijo Sam con una sonrisa–. Me siento más en casa, y la vista es fantástica. En cuanto al trabajo, los turistas me mantienen muy ocupada, David. Sobre todo en esta época del año. Nunca sé contra qué desastre personal tendré que enfrentarme. Pero es divertido –dijo ella con una sonrisa que murió en sus labios al ver a Ransom y a Karl acercándose hacia ellos.

–Ah, aquí están los chicos –anunció Ellen siguiendo la mirada de Sam–. Sinceramente, Karl, esos pantalones te sientan fatal.

–Son cómodos –contestó Karl sentándose en la hierba a los pies de su madre, ya que todos los asientos estaban ocupados. Ransom se estiró no muy lejos.

–Bueno, espero que lleves algo más presentable para la cena benéfica, a la que espero que asistas. Y no quiero excusas –le dijo su madre.

–Prometo llevar mis mejores galas para la ocasión, aunque no tengo ni idea de lo que estás hablando –dijo Karl.

–¡Eres incorregible! –exclamó su madre–. La cena benéfica es para sacar dinero para la residencia de enfermos que estamos construyendo. Sam representa a la fundación Grimaldi, que ha puesto una importante suma de dinero. Pagarás por tu cena, y el dinero irá destinado a ayudar a niños enfermos terminales y a sus familias.

Ransom, que había estado escuchando en silencio, se giró hacia Sam y preguntó:

–¿La fundación Grimaldi?

Ella había estado haciendo todo lo posible por evitar mirarlo directamente, pero su pregunta la obligó a mirar en su dirección. No se sorprendió al notar cómo se le aceleraba el corazón. Habría dado lo que fuera por no ser susceptible a su magnetismo sexual, pero algunas cosas no podían evitarse y nunca podrían.

Haciendo todo lo posible por ignorar sus sentimientos, Sam tuvo que admirar la calma que Ransom derrochaba. Claramente pretendía actuar como si nada inesperado hubiera ocurrido.

–La fundé en nombre de mi marido –contestó ella–. Esto es sólo el comienzo. ¿Quién sabe? Puede que tengamos más proyectos en el futuro –añadió mirando a Ellen Hunt, que asintió con entusiasmo.

–¿Has decidido ya si vas a invitar a tu familia a la cena, Sam? –preguntó David.

–Mis padres vendrán, espero, pero los otros están muy dispersos –contestó ella–. Tony está en Australia –añadió encogiéndose de hombros. No había vuelto a saber nada de él, pero sus padres le habían dicho que le iba bien.

–¿Dónde has estado viviendo, Sam? Algo me dice que no has conseguido ese bronceado en Inglaterra –dijo Ransom, y su amigo intervino.

–Tómatelo con calma, Ransom. Ahora no estás en el juzgado. No atosigues con preguntas a la pobre mujer.

–Era una pregunta razonable –contestó Ransom–. Y no la estaba atosigando. Nunca atosigo.

–Sí lo haces. Te he visto –lo contradijo Karl inmediatamente.

–Viví en Italia hasta la muerte de mi marido –explicó Sam.

–Sam tiene una casa de vacaciones que da al Adriático –añadió Ellen, pero no advirtió el brillo burlesco en los ojos de Ransom. Sam sí lo notó y deseó que la mujer no hubiera dicho nada.

–¡Cómo viven los ricos! –exclamó Ransom con un suspiro.

–¡Mira quién habla! –exclamó Karl–. Tú tienes un yate, una casa en la mejor zona de Londres y un apartamento en Nueva York. Por no hablar de la pequeña casita en Corfú.

–Gané todo eso con el sudor de mi frente –contestó Ransom con una sonrisa, y Sam advirtió la verdad tras esas palabras. Ella se había casado con el dinero, dejando su moralidad en entredicho.

–Mientras que yo lo mío lo he heredado. Lo siento si eso te ofende –le dijo Sam con voz calmada.

–El dinero heredado no me ofende –contestó Ransom mirándola a los ojos–. Estoy seguro de que amabas a tu marido.

–Seguro que comprendes que mis sentimientos hacia mi marido son privados –dijo ella, sintiendo la necesidad de contraatacar.

–Lo comprendo perfectamente –afirmó él inclinando la cabeza.

–¿Y cómo es que te casaste con un italiano? ¿Lo conociste estando de vacaciones? –preguntó Alex por pura casualidad.

Sam se sintió aliviada por la distracción. Al menos así podía mirar a otra persona.

–No. Lo conocí a través de mi familia. Yo tengo algo de italiana también.

–Eso es muy interesante –declaró Ransom–. Siempre he pensado que son gente muy apasionada. Son firmes en el amor y el odio. Se entregan a sus familias. Si le haces daño a uno, les haces daño a todos. ¿Pasa lo mismo contigo? –le preguntó a Sam.

–Oh, sí. No hay nada que yo no haría para ayudar a mi familia, si estuvieran en apuros –contestó ella con total sinceridad.

–¿Nada que no harías? –preguntó Ransom inclinando la cabeza–. Ésa es una afirmación un tanto precipitada, ¿no crees?

–No estamos hablando de nada ilegal –repuso ella.

–Sin embargo, hay cosas que son criminales sin ser ilegales. Los crímenes del corazón, por ejemplo.

Fue un golpe bajo, pero ella sonrió con igual frialdad.

–Eso depende del punto de vista.

–¡Eh! –exclamó Alex en ese momento–. ¿Sigues haciéndole el tercer grado?

–Simplemente estábamos conversando inocentemente –dijo Ransom encogiéndose de hombros.

–Si eso era inocente, entonces me temo que has pasado demasiado tiempo en el juzgado –añadió Alex.

–¿Te he molestado? –le preguntó Ransom a Sam–. Lo siento si así ha sido.

–No hay necesidad. Crecí en una casa donde a los niños se nos sometía a preguntas más privadas. Sobre todo si llegábamos tarde a casa de una cita. Si pude sobrevivir a eso, puedo sobrevivir a cualquier cosa –respondió Sam con humor.

–No empecemos con los padres sobreprotectores. Podría escribir un libro sobre eso –declaró Ellen–. Bueno, Sam. ¿Vamos al estudio a revisar los planos y los pormenores? Así podremos tener el fin de semana libre para disfrutar de tu compañía.

Sam se puso en pie de un salto ante la oportunidad de poder poner distancia entre Ransom y ella.

–Es una idea genial, Ellen –respondió con una sonrisa.

–Os dejaremos en paz durante un rato –les dijo Ellen a los demás.

Por el rabillo del ojo, Sam pudo ver a Ransom estirarse en la hierba. Puede que pareciese relajado, pero lo conocía demasiado bien y sabía que sólo estaba actuando. Sólo un tonto pensaría que estaba contento con la situación, y ella no era tonta. Querría hablar, pero ella no tenía intención de obligarlo.

Cuando Sam subió arriba para refrescarse antes de la cena aquella noche, estaba completamente rígida. Había pasado unas horas muy interesantes con Ellen, hablando de los planes para la residencia y cómo conseguir aún más dinero. Ella había tratado de actuar con naturalidad pero, según habían ido pasando las horas, se había ido sintiendo completamente antinatural.

Sintiendo un inminente dolor de cabeza, se tomó un par de analgésicos y se tumbó en la cama con la esperanza de liberar algo de la tensión. Sin embargo, en cuanto empezó a relajarse, los recuerdos comenzaron a rascar en la superficie. Iban acompañados de un torrente de emociones. No había manera de olvidar la intensa felicidad que había experimentado sabiendo lo mucho que amaba a Ransom. Ni tampoco podía olvidar la angustia que había seguido a aquella época.

La verdad era que ella nunca había imaginado ser libre tan pronto, y eso la dejaba en un limbo emocional, donde no podía ir ni para adelante ni para atrás. Sólo le quedaba el presente, con los constantes recuerdos apareciendo a cada momento. Había encerrado su corazón en una cueva de hielo, pero al ver a Ransom de nuevo las paredes de esa cueva se habían resquebrajado y se estaban derritiendo, dejándolo expuesto a todo el dolor.

Así que allí estaban los dos, atrapados en mitad del drama inesperado de una antigua relación, donde lo único que permanecía era el odio de Ransom hacia ella y su infinito amor hacia él.

No, aquello no era del todo correcto. Aún quedaba el asunto del resurgimiento de su atracción mutua. Desde luego ella no lo había imaginado. Tras haber terminado su aventura, estaba segura de que esa atracción también habría desaparecido. Pero se daba cuenta de que simplemente había permanecido dormida y había vuelto a despertar en ese instante.

No tenía ninguna duda de que esa atracción física tampoco sería bien recibida por parte de Ransom, aunque sabía que sus razones eran diferentes. Él no tendría ninguna intención de actuar al respecto, y toda la intención de ignorarlo. Ella haría lo mismo. Al dejarlo salir de su vida, Sam había aceptado el hecho de que jamás volvería a entrar. Habían pasado los años, pero

Ransom no se había olvidado de nada. Y tampoco la había perdonado.

Su prioridad en ese momento debía ser sobrevivir a los dos días que tenía por delante. Luego, no se volverían a ver. Tras el fin de semana, ambos seguirían con sus vidas. Si no lo veía, no pensaría en él y, por muy fuerte que siguiera siendo la atracción, acabaría por desaparecer de nuevo. Además, había descubierto en ella unas fuerzas desconocidas durante sus años de matrimonio y sabía que podría superar aquello.

Miró el reloj, dándose cuenta de lo tarde que era, y saltó de la cama. Fue al baño, se lavó la cara y volvió a maquillarse. Una cosa era segura: la vida seguía sin importar las viejas heridas. Así que se arreglaría y bajaría las escaleras, y ni por un instante dejaría ver que las cosas no estaban como deberían.

La cena aquella noche resultó ser una velada entretenida y conmovedora. Como aquélla era su primera visita en muchos años, a Ransom le pidieron que contara algunas de las anécdotas del juzgado, y él lo hizo con aquel sentido del humor que ella conocía tan bien.

Habría sido mucho más fácil si Sam hubiera sido capaz de despreciar todo lo que él hacía, pero eso no era posible. Su corazón no tenía defensas contra él. Al fin y al cabo seguía siendo el hombre del que se había enamorado.

A pesar de su angustia, se dio cuenta de que aún era capaz de reírse con él. Y, cada vez que sus ojos se encontraban, ella se decía a sí misma que todo acabaría pronto. Podría retirase a su habitación y llorar tranquilamente en pocas horas. Podría aguantar hasta entonces.

Tomaron el café en el salón y, justo cuando terminaron, Ransom tuvo que salir a contestar una llamada.

–Espero que no le importe, señora H. Dejé este número de contacto por si surgía algo importante en relación al caso –se disculpó por la interrupción antes de dirigirse al estudio a contestar.

Mientras estuvo ausente, Ellen Hunt sacó varios álbumes de fotos e insistió en que Sam se sentara a su lado para hojearlos con ella, para bochorno de Alex y Karl. Sam sonreía al ver sus rostros avergonzados cada vez que su madre mencionaba lo monos que habían sido de pequeños.

–No te atrevas a mostrarle ninguna de mí desnudo –dijo Alex, conociendo demasiado bien a su madre como para esperar que no lo hiciera.

–Pero si estás muy mono en ese cojín de terciopelo –bromeó Karl, y se carcajeó al ver la cara de su hermano.

–¿Alguien está siendo asesinado? –preguntó Ransom al regresar a la habitación.

–Oh, ven y mira esta fotografía, Ransom –le dijo Ellen.

–¡Ni te atrevas! –exclamó Alex, pero Ransom simplemente sonrió y se colocó junto al sofá, mirando por encima del hombro de Ellen–. ¡Maldita sea!

–Bebeos el brandy y tranquilizaos –les dijo David Hunt a sus hijos mientras les entregaba una copa a cada uno–. Ésta es una de las cruces que tenemos que soportar los hombres.

Sam se sintió al instante alerta, siendo plenamente consciente de que Ransom se había apoyado sobre el respaldo del sofá. Podía sentir su aliento en el pelo cuando respiraba y oler la sutil fragancia de la colonia que usaba después de afeitarse. Era fresca y no muy exagerada, y le recordaba a las largas noches de pasión que había pasado en sus brazos.

–Mira, ésta es la única que tenemos de ti y de Karl juntos, Ransom –declaró Ellen señalando la foto de dos jóvenes en la playa, cavando con unas palas y llevando pañuelos en la cabeza a modo de sombreros–. Jamás pensarías que estudiaban Derecho, ¿verdad? –le preguntó Ellen a Sam.

Sam se aproximó más para examinar la foto. Pudo reconocer a Ransom en aquel cuerpo joven. No tenía el mismo físico que ella recordaba, pero la sonrisa era la misma. Se encontró a sí misma sonriendo ante el recuerdo de tiempos mejores.

–¿Qué estabais construyendo? ¿Un castillo de arena? –preguntó ella casi sin darse cuenta. Giró la cabeza y se encontró prácticamente nariz con nariz con él cuando se inclinó para mirar la foto de cerca.

–¡Un barco, por supuesto! –contestó él.

Ellen siguió pasando páginas, aparentemente ajena al silencio de Sam.

–Ésta es de cuando Karl ganó su primer trofeo –dijo la mujer con orgullo–. ¿Cómo se llamaba tu compañero? Ransom se había hecho daño, así que alguien tuvo que sustituirlo. ¿Tim? ¿Tom? –preguntó Ellen mientras Ransom se agachaba entre las dos para mirar la página.

Cuando lo hizo, su mano rozó sin querer la mejilla de Sam. Aquello fue como una chispa que pendió fuego a todo su cuerpo y no pudo evitar respirar entrecortadamente. Sabiendo que, seguramente, todos lo habrían notado, miró a su alrededor, pero nadie la estaba mirando. Estaba a punto de sentirse aliviada cuando descubrió que una persona sí se había dado cuenta.

–Lo siento, ¿te he dado con el anillo? –preguntó Ransom.

–No. Estoy bien –dijo ella, dándose cuenta de que el movimiento había sido deliberado. No entendía por qué seguía sintiendo eso con un leve roce. Estaba segura de haberlo sacado de su mente seis años atrás. Sin embargo, su corazón no dejaba de palpitar con fuerza. De pronto notó un silencio a su alrededor, levantó la cabeza y se dio cuenta de que, en esa ocasión, sí la estaban mirando–. Lo siento, ¿alguien ha dicho algo?

Alex sonrió y dijo:

–¿Quieres decir que no has visto la manada de rinocerontes que acaba de pasar?

Tras recuperarse, Sam lo señaló acusadoramente con el dedo.

–No exageres, sólo había media docena.

–¿Qué número constituye una manada? –preguntó Ransom mientras se enderezaba, haciendo que Sam fuese capaz de respirar de nuevo.

Inmediatamente Karl retomó la conversación y su padre se unió a él. Sam observó cómo Ransom se dirigía al mueble-bar y se servía una copa, que se bebió de un trago, como si realmente la necesitara. Lo cual hacía sugerir que el leve roce con su mejilla lo había afectado. ¡Era fascinante! No era que ella necesitara evidencias de su mutua atracción física. Sin embargo, sabiendo cómo se sentía él hacia ella, Sam se sentía mejor. Al menos sabía que él estaba tan incómodo como ella.

Ransom no regresó al sofá tras dejar su copa, sino que se colocó junto a la chimenea, poniendo un brazo sobre la repisa. Sam no podía resistir mirarlo. Aunque sabía que era una locura, se encontraba una y otra vez mirándolo, incluso cuando no estaba hablando. No podía evitar recordar el roce en su mejilla. ¿Por qué lo habría hecho? ¿Qué se proponía?

Cuando se retiró aquella noche para irse a dormir, no estaba más cerca de conocer las respuestas a esas preguntas. Cerró la puerta de su dormitorio y se apoyó contra ella. Se sentía agotada. Ser consciente de la presencia física de una persona y tener que ignorarlo estaba resultando ser de lo más difícil.

Se apartó de la puerta y se dirigió hacia el baño. Quizá Ransom decidiera marcharse. Al instante experimentó un vuelco en el estómago. Por irracional que fuese, no quería que se marcharse. Puede que su mente dijera una cosa, pero su corazón le decía lo contrario. Al menos, si conseguía dormir algo, quizá pudiera ser capaz de enfrentarse a cualquier cosa.

Varias horas después, Sam colocó la cacerola manchada en el fregadero y la llenó de agua. El reloj de la cocina indicaba que eran las dos y cuarto de la madrugada. Suspiró y se llevó la taza de chocolate caliente a la mesa. Dormir era demasiado pedir, pensó mientras se sentaba y apoyaba los pies sobre otra silla cercana.

Había estado dando vueltas en la cama durante horas. Su último recurso había sido una taza de chocolate caliente, así que se había puesto una bata de seda color escarlata sobre su camisón y había bajado a la cocina.

De pronto oyó un ruido y miró a su alrededor asustada. Había tratado por todos los medios de no hacer ruido de camino a la cocina para no despertar a la familia. Sin embargo, no escuchó ningún otro ruido. Debía de ser el crujir de la madera.

Tras dar un sorbo al chocolate, Sam dejó escapar otro suspiro. Era Ransom el que la había mantenido despierta, pero saber eso no le proporcionaba ningún consuelo.

No podía parar de recordar lo cruel que había sido con él. Aún seguía odiándose por ello. Incluso aunque Ransom hubiera descubierto poco después que ella iba a casarse con Leno, las cosas de las que la había acusado no ayudaban a quitarse de encima el peso de la culpa. Necesitaba ser perdonada, pero sabía que nunca lo sería.

Ése debía de haber sido el final de la historia, pero

la vida le deparaba otro de sus trucos. Y allí estaba ella, en la misma casa que Ransom, tan atraída por él como si los últimos seis años no hubieran tenido lugar. Ella no había esperado aquello. No había esperado volver a verlo. Incluso había evitado los viejos lugares que frecuentaban a su regreso a Inglaterra.

En ese momento, oyó el ruido de la puerta abriéndose, giró la cabeza y el corazón le dio un vuelco al ver entrar a Ransom y cerrar la puerta tras él, quedándose apoyado en ella y observándola atentamente. Llevaba puestos unos vaqueros, pero nada más. Incluso iba descalzo. Inmediatamente la habitación pareció encogerse.

Sam se enderezó, sintiendo cómo toda su calma desaparecía.

–¿Qué estás haciendo aquí?

–He venido para tener esa charla –contestó él–. Todo el mundo está dormido, así que no es probable que nos interrumpan.

–Ya te he dicho que no tenemos nada de qué hablar –dijo ella, y en ese momento recayó en algo–. Un momento. ¿Cómo sabías que estaba aquí?

–Te oí bajar las escaleras y te seguí –contestó él con una sonrisa insolente.

–¿Me oíste?

–No es difícil, teniendo en cuenta que mi habitación está pegada a la tuya –explicó él.

–¿Pegada? –preguntó Sam. Aquello sí que no se lo esperaba. Estaba segura de estar sola en aquella zona de la casa. La inquietaba saber que Ransom estaba tan cerca.

–¿Estás barajando las posibilidades? –preguntó él con una sonrisa pícara–. No te preocupes, no creo que te haga ninguna visita.

–Ni ganas que tengo.

–Y, sin embargo, aún te sientes atraída hacia mí.

Aquella afirmación tan directa la dejó de piedra, porque era cierta y ambos lo sabían. Ransom se aprovechó de su silencio para continuar hablando.

–¿Es por eso por lo que no has parado de dar vueltas en la cama? ¿Porque te picaba y no podías rascarte?

–¿Cómo te atreves? –preguntó Sam poniéndose en pie de un salto.

Ransom se apartó de la puerta y dio un paso hacia la mesa.

–Baja la voz, Sam, a no ser que quieras que haya público –le advirtió él. Agarró una silla y se sentó frente a ella–. Muy tentador el atuendo que llevas puesto. Si no recuerdo mal, lo único que te sentaba mejor que la seda era no llevar nada.

A Sam se le puso la piel de gallina y notó cómo todos sus sentidos se despertaban de inmediato. No había imaginado que pudiera decir algo tan provocativo en ese momento. Al instante, su mirada se desvió hacia su torso desnudo y bronceado, y la necesidad de echarse hacia delante y tocarlo fue tan fuerte que estuvo a punto de gritar.

–Para ya, Ransom. No has venido aquí para flirtear con el enemigo.

Él se rió y dijo:

–¿Es así como te ves a ti misma? Interesante.

Sam se sintió furiosa. Ransom estaba jugando al ratón y al gato con ella y, desde luego, no le gustaba.

–Ve al grano –contestó ella.

–¿Vas a sentarte o es tu intención enseñarme el ombligo? –dijo él volviendo a reírse.

Sam estuvo tentada de darle un puñetazo pero, sin embargo, volvió a sentarse en su silla.

–Así está mejor, ¿no? –preguntó él–. Tienes buen aspecto, Sam. Menudos cambios pueden hacerse con seis años y mucho dinero. Dejaste Inglaterra con nada y regresas siendo una viuda acaudalada. Buen trabajo.

Sólo Ransom podía reducir su matrimonio a tres frases hirientes.

–Me tomé el matrimonio en serio –dijo ella, sin ganas de tener esa conversación, pero atrapada en ella de todas formas. Si lo hubiera pensado mejor, habría sabido que era inevitable.

–Claro que sí. Lo último que habrías deseado era que el viejo se divorciara de ti. Pero estoy intrigado. ¿Cómo puedes fingir echar de menos a tu marido cuando hace sólo unas horas has respondido ante mi contacto?

Ella tenía la respuesta perfecta a eso, pero era una que nunca podría decirle. Así que se decantó por lo evidente.

–No tienes que amar a alguien para responder a su contacto.

–Eso lo descubrí de primera mano hace seis años –dijo él–. Dejaste claro que para ti sólo se trataba de sexo. ¿O vas a decirme que has cambiado de opinión y que sí era amor?

–¿Por qué iba a hacer eso? –preguntó ella sin saber muy bien adónde los llevaba todo aquello.

–Se me ocurrió que, después de haberte enterado de que yo era un soltero muy deseado, quizá hubieras reconsiderado tus opciones. Al fin y al cabo, una mujer como tú estaría destinada a fijarse buenos objetivos.

Entonces Sam lo comprendió. Ransom pensaba que estaba desviando su atención hacia él tras saber que era más rico que Alex.

–¿Realmente crees que perdería mi tiempo de ese modo? –preguntó ella–. Es evidente cómo te sientes. Me odias.

–¿Odiarte? Oh, no, cariño. Ya dejé la fase del odio hace tiempo. Ahora raramente pienso en ti.

–Y, sin embargo, sigues sintiéndote atraído hacia mí –dijo ella tratando de descolocarlo.

Fracasó miserablemente. Ransom simplemente inclinó la cabeza y dijo:

–Eso también me ha sorprendido a mí. Pensaba que esa atracción habría desaparecido, teniendo en cuenta lo que pienso de ti. Sin embargo, no estoy buscando una esposa. Ni siquiera una tan guapa y adinerada como tú.

–Mejor, porque ya te he dicho que yo tampoco estoy buscando un sustituto para Leno.

–Perdóname si no te creo –dijo él con una sonrisa sardónica–. Te conozco demasiado bien. Se te da demasiado bien mentir. Dirías cualquier cosa para conseguir lo que quieres.

–Yo nunca te prometí nada, Ransom –insistió ella.

–No, no lo hiciste. Simplemente mentiste.

–Mira –dijo ella mirando su taza de chocolate–, esto no nos lleva a ninguna parte. Siento haberte hecho daño, pero eso forma parte del pasado –levantó la cabeza para mirarlo–. ¿No es cierto?

–No es tu pasado lo que me preocupa, sino tus planes para el presente.

–¿Cuántas veces tengo que decírtelo? ¡No tengo ningún plan!

–Las veces que sea necesario hasta que me convenzas –contestó él.

–Ya te he dicho que lo siento –dijo ella cruzándose de brazos para ocultar el temblor de sus manos–. Ya te he dicho que ni tú ni Alex corréis ningún peligro conmigo. Si no me crees, no hay nada más que pueda hacer.

–Podrías marcharte –dijo él con suavidad y, de pronto, ella no aguantó más.

–¡Y un cuerno! Tengo negocios que hacer aquí. ¡Si no te gusta que esté en la misma casa que tú, te vas!

–¿Y dejarte el campo despejado? –preguntó Ransom inclinando la cabeza–. Creo que no. ¿Quién sabe lo que podrías hacer si te dieran rienda suelta?

–¡Dios, mira que eres cabezón! –exclamó ella sintiendo cómo la ira se le acumulaba en la garganta–. No soy una cazafortunas y lo sabes.

–Creo que nunca llegué a conocerte, Sam. Me parece que eres capaz de cualquier cosa.

Sam sintió cómo las lágrimas se le acumulaban en los ojos, pero se negó a dejarlas salir.

–Entonces fuiste afortunado de poder escapar, ¿no?

–Lo he visto de ese modo durante mucho tiempo –declaró él con calma, con un total control sobre la situación.

–¿Y entonces ahora qué ocurre?

Ransom la miró fijamente durante lo que pareció una eternidad antes de contestar.

–Nada, siempre y cuando te mantengas alejada de Alex. Si ocurre lo contrario, me veré obligado a decirle lo que sé.

Ella lo miró con rabia, no asustada por la amenaza, sino dolida de que pudiera hacerla.

–¿Eso no se llama chantaje?

–Yo lo llamo sensatez. ¿Cuál es tu respuesta?

Sam le dio la respuesta que quería. A ella le daba igual, dado que no tenía intención de hacer lo que él pensaba.

–Acepto.

–Eso pensaba –dijo él con una sonrisa burlesca–. ¿Tienes miedo de lo que pueda decir?

Aquellas amenazas eran algo que nunca había utilizado contra ella, y Sam lo encontraba profundamente doloroso. Pero, probablemente, querría herirla. Lo único que ella podía hacer era contraatacar.

–De hecho, eres una de las pocas personas a las que le confiaría la verdad.

–Es una pena que yo no pueda decir lo mismo de ti, cariño –contestó él.

–Deja de llamarme eso. Ya no soy tu cariño –respondió ella.

–Lo siento –dijo él mientras se ponía en pie–. Los viejos hábitos son difíciles de quitar.

–¿Estás disfrutando de verme así?

–Siempre es divertido ver las cosas desde el otro punto de vista –admitió él con una sonrisa.

Sam se puso en pie, llevó su taza al fregadero y la vació por el desagüe.

–Nunca se te pasa por la cabeza que puedas estar equivocado, ¿verdad? –preguntó ella mientras aclaraba la taza bajo el grifo antes de meterla en el lavavajillas.

–Al contrario. Tengo dudas muy a menudo, pero no sobre ti. En ese asunto tengo las cosas bastante claras –dijo él, y con eso, se dirigió hacia la puerta, deteniéndose un instante antes de abrirla–. Diría que ha sido un placer volver a verte, cariño, pero ambos sabemos que estaría mintiendo. Ah, y trata de no hacer mucho ruido cuando vuelvas a la cama –sonrió y abandonó la habitación.

Sam cerró los ojos y se apoyó contra el fregadero. No paraba de recordarse a sí misma que había deseado que él dejara de amarla, y lo había logrado. Sólo tendría que recoger los frutos de su éxito mostrando el menor dolor posible.

Comenzó a reírse, aunque tenía los ojos llenos de lágrimas. Aquél iba a ser un castigo más severo de lo que jamás hubiera creído. Se secó las lágrimas y se enderezó. Podría afrontarlo. Al fin y al cabo, ya había pasado por lo más difícil, que había sido dejarlo. Todo lo demás sería pan comido en comparación.

Al cruzar la puerta, miró a su alrededor para comprobar que lo hubiera dejado todo ordenado.

Ransom estaba equivocado con respecto a ella pero, como no podía convencerlo de lo contrario, dejaría que siguiese pensando mal. Tenía que dejar de reaccionar emotivamente a las cosas que él decía. No conseguiría nada dejando que la entristeciera.

Dormir le parecía algo completamente imposible, y sabía que tenía por delante una larga noche. Suspiró, apagó la luz y abandonó la cocina en silencio.

Capítulo 5

LA MAÑANA del sábado trajo consigo un sol brillante que anunciaba un día glorioso. Sin embargo, tras una noche de insomnio, Sam no se sentía en absoluto gloriosa. Se duchó para tratar de despejar su cerebro, pero sabía que, de ninguna manera, estaba lista para enfrentarse al nuevo día.

Se puso unos vaqueros de diseño y una camiseta de seda y bajó a desayunar. Por supuesto, la primera persona a la que vio al entrar fue a Ransom, de pie junto al aparador. También llevaba puestos unos vaqueros y una camiseta de manga corta que se ajustaba tan bien a su cuerpo, que era como si no llevara nada.

–Buenos días, dormilona –le dijo Alex desde la mesa. Entonces Sam se dio cuenta de que los demás miembros de la familia también estaban.

–Buenos días –dijo ella–. Siento bajar tan tarde.

–Hay una regla en esta casa –dijo Ellen con una sonrisa–. Nadie puede llegar tarde al desayuno en el fin de semana. Queda mucha comida, así que sírvete, querida.

Lo cual no le dejó más opción que colocarse junto a Ransom, que estaba masticando una loncha de beicon y que se giró, colocando una cadera contra el aparador para dejarle espacio.

–¿Has dormido bien? –le preguntó él.

–Perfectamente bien, gracias –contestó ella con educación. Estiró la mano para agarrar una de las tapas de las bandejas al mismo tiempo que Ransom. Sus manos se tocaron y la corriente eléctrica recorrió su brazo, haciéndole soltar la tapa. El golpe resultante retumbó en la sala–. Lo siento.

–Por el bien de la vajilla de la familia Hunt, permíteme –dijo Ransom, y levantó la tapa para dejar ver el beicon y las salchichas que había debajo–. Pareces un poco temblorosa esta mañana –añadió en un tono casi inaudible.

–Piérdete –susurró ella mientras se servía.

–¿No crees que sería un poco obvio si yo abandonase la sala según tú has entrado? –respondió él mientras se servía otra loncha de beicon antes de dejar la tapa. Luego levantó otra–. ¿Huevos revueltos?

–De acuerdo, no te marches, pero siéntate a la mesa como una persona normal –sugirió ella mientras se servía los huevos.

–¿Tostadas y mantequilla? –preguntó Ransom, y le acercó el plato de las tostadas y el de la mantequilla, sujetando entre los dientes la loncha de beicon. Sam estuvo a punto de dejar caer la tostada cuando la agarró–. ¿Te estoy poniendo nerviosa?

–¡Te la estás buscando! –contestó ella apretando los dientes.

–Ve a sentarte –dijo él con una sonrisa–. Yo te serviré el café. A juzgar por cómo estás, probablemente te achicharrarías.

Seguramente él tenía razón. Sam aprovechó la oportunidad de alejarse y fue a sentarse. Cuando lo hizo y observó su plato, se sintió incapaz de comer nada, pero hizo el esfuerzo. Estaba delicioso y, tras un bocado o dos, se le abrió el apetito. Por suerte, después de dejar la taza de café junto a ella, Ransom regresó al aparador, proporcionándole espacio para respirar y, finalmente, fue capaz de acabarse el desayuno.

–¿Qué vais a hacer hoy? –les preguntó Ellen a sus hijos–. ¿Habéis hecho planes?

–Ransom va a llevar a Sam a navegar –anunció Alex como si ya estuviera todo decidido.

–Qué buena idea. Como ya zanjamos todos nuestros asuntos ayer, tienes todo el tiempo disponible –le dijo Ellen a Sam antes de que ésta pudiera decir nada–. Ransom es el mejor.

–Estoy segura de que lo es –dijo ella–. Sin embargo, pensé que se trataba sólo de una sugerencia –añadió mirando a Alex, que respondió con una sonrisa, como si todo eso fuera gracioso.

–No hay anda de qué preocuparse. Con Ransom estarás segura.

–No lo dudaría ni por un momento –dijo Sam, sintiéndose cada vez más atrapada–. ¿Pero alguien le ha preguntado a Ransom lo que quiere hacer? Quizá él y Karl tengan otros planes.

–Seguro que no le importa darte una vuelta –dijo Ellen.

–Yo me ofrecería –añadió Karl–. Por desgracia, tengo una reunión esta mañana en el club.

Para desesperación de Sam, Ransom no parecía molesto en lo más mínimo, y aceptó su destino acercándose a Ellen y dándole un beso en la mejilla.

–Por supuesto que no me importa, Ellen. Me llevaré a Sam conmigo, si es lo que ella quiere.

–De acuerdo –dijo Sam sabiendo que no tenía otra alternativa–. Iremos a navegar.

Aunque él sonrió, estaba segura de que Ransom no la querría en su barco más de lo que la querría allí. Claro que Sam tampoco quería estar allí, aunque una parte de ella veía el viaje en barco como una nueva oportunidad de estar a solas con él.

–Iré a ver cómo está el tiempo y la marea. Luego será mejor que vaya a limpiar el Land Rover. No me gustaría que te ensuciaras la ropa –dijo Ransom, y agarró a Sam del hombro–. Asegúrate de llevar un cambio de ropa y algo que abrigue. Me reuniré contigo fuera en, digamos, media hora.

Sam se aclaró la garganta y dijo:

–Treinta minutos. Sí. De acuerdo.

–Nosotros también tenemos que irnos –dijo David Hunt poniéndose en pie tan pronto como Ransom abandonó la sala–. Ellen quiere ir a Norwich a hacer unas compras.

–Íbamos a pedirte que vinieras con nosotros, Sam, pero te lo pasarás mucho mejor con Ransom –añadió Ellen.

–Comeremos fuera, así que no te veremos hasta tarde. Pásalo bien, y no se te ocurra hacer ninguna estupidez como ahogarte –bromeó David antes de salir con su esposa por la puerta.

Cuando se hubieron marchado, Sam flexionó el hombro. Aún podía sentir los dedos de Ransom. Recordaba que tenía unos dedos mágicos, y era evidente que eso no había cambiado. Apartó su taza y miró a Alex, que la había metido en todo aquello.

–Ojalá no hubieras hecho eso –dijo ella.

–Pensé que sería divertido para ti –dijo él.

–Oh, Alex, soy la última persona que Ransom quiere en su barco –exclamó ella amargamente.

–¿Por qué diablos dices eso? –preguntó Alex con el ceño fruncido.

–Bueno, lo has colocado en una posición en la que difícilmente podía decir que no.

–Confía en mí, ningún hombre dejaría pasar la oportunidad de tener en su barco a una belleza como tú.

–Gracias por el cumplido –dijo Sam riéndose–. Esperemos que Ransom no le dé importancia al hecho de que no tengo ni idea de barcos.

–Estarás bien. Créeme. No hay nadie que pueda enseñarte mejor –añadió Alex.

–Con suerte acabaremos el día sin que me haya asesinado –dijo ella mientras se dirigía hacia la puerta–. ¿Y qué vas a estar haciendo tú mientras yo estoy por ahí pasándomelo tan bien?

–Ah, probablemente iré a visitar a unos viejos amigos. Iré a beber algo. Esas cosas.

–Pues no bebas demasiado, y piensa en mí de vez en cuando.

–¡Pásalo bien!

Sam subió a su habitación a preparar sus cosas. Se sentía como si fuese a ir a su propia ejecución. Por otra parte, ¿en qué otra ocasión iba a poder estar tan a solas con él como en un barco en mitad del mar? ¿Sería ésa la receta para un desastre? Aunque ya no podía echarse atrás. Sólo podía apretar los dientes y esperar que todo saliera bien.

Cuando salió fuera unos diez minutos después, encontró a Ransom y a Alex charlando junto a un viejo Land Rover. Ambos se giraron para mirarla, y Sam dedujo, por el brillo en los ojos de Ransom y la sonrisa en la boca de Alex, que habían estado hablando de ella.

–¿Estás lista? –preguntó Ransom, y ella asintió.

–Tan lista como me es posible –dijo Sam.

Alex la ayudó a subir al coche y levantó los pulgares según el vehículo se alejaba.

–Pensé que, a lo mejor, habías cambiado de opinión –dijo Ransom cuando Alex no era más que una diminuta figura en el espejo retrovisor.

–Estuve tentada.

–¿Y por qué no lo hiciste?

–Porque se me ocurrió que pensarías que me quedaba para seducir a Alex, y no quería eso –dijo ella con sequedad–. Ambas circunstancias eran malas, así que aquí estoy.

–Así que los dos nos quedamos con el premio de

consolación –dijo él con ironía–. Hablando de Alex, me gustaría saber qué le dijiste que hizo que saliera corriendo a advertirme.

–¿Advertirte? –preguntó ella.

–Parece que piensa que yo quiero intentar algo contigo. Estuve tentado de decirle que no te tocaría ni con una pértiga. Pero entonces tendría que haberle explicado el porqué.

–¿Y qué te lo impide?

–Tenemos un acuerdo y, como tú todavía no lo has incumplido, pues yo tenía las manos atadas.

Fue el «todavía» lo que la molestó. Según él, era cuestión de tiempo que ella decidiese intentar algo con Alex.

–Antes no eras tan incrédulo –dijo ella, y escuchó cómo se carcajeaba.

–Conocerte tuvo un gran efecto en mí. Me di cuenta de que se me podía engañar como a cualquiera. Pero tengo que agradecer que nunca hubiera nada serio entre nosotros. Fui capaz de olvidarme de ti con relativa rapidez.

Sam sintió un dolor profundo en su interior. Aquello que Ransom decía era falso. Él lo había sido todo para ella. Dios, con lo mucho que le había costado renunciar a él. Pero no le había quedado otra opción. Y lo hubiera vuelto a hacer, dadas las mismas circunstancias, sin importar el dolor.

–¿De verdad? Suenas un tanto amargo para ser alguien que lo ha olvidado con relativa rapidez –señaló Sam.

–Verte de nuevo ha vuelto a sacarlo todo a la superficie. No me sienta bien recordar que te pedí que te casaras conmigo y tú te reíste en mi cara. Que lo único que te interesaba era el sexo.

–¡No era sólo el sexo! –exclamó ella.

–Pues, desde luego, no era amor. Eso lo dijiste tú

misma. La ecuación es simple. Si a algo bueno le quitas el amor, te queda el sexo. Lo cual, tengo que admitir, era bastante explosivo. Al menos eras apasionada en la cama.

Ella lo miró y sintió cómo las lágrimas iban acumulándose en sus ojos.

–Realmente me desprecias, ¿verdad?

–¿Qué esperabas? Me dejaste en ridículo hace seis años, pero ninguna mujer tendrá la oportunidad de volver a hacerlo.

–¡No puedes ponerle la misma etiqueta a todas las mujeres! –exclamó ella–. Algún día te casarás, ¿no?

–Eso depende de si encuentro una mujer en la que pueda confiar. Tú mejor que nadie comprenderás por qué tengo esa visión tan negativa de tu género. He aprendido a ser cauteloso.

–Pues no seas demasiado cauteloso. Serías un buen marido y un buen padre.

–Tiene gracia, viniendo de ti –contestó él.

–Muy bien. Puede que yo no quisiera... esas cosas contigo –dijo ella–. Pero eso no significa que dudara de tus cualidades como marido y padre.

Ransom se rió antes de contestar.

–Si no supiera que no es así, pensaría que te importa. No te preocupes por mí. Me casaré cuando sea el momento.

Ransom giró el volante y entró en el puerto deportivo, saludando con la mano a varias parejas según pasaban. El lugar estaba lleno de gente y les llevó un rato encontrar aparcamiento.

–Dime una cosa, Sam –dijo él cuando aparcó–. ¿El matrimonio con un hombre tan viejo como para ser tu padre fue como se esperaba que fuera? ¿Llegaste a querer a ese hombre por sí mismo además de por su dinero?

–Eso no es asunto tuyo –declaró ella con frialdad.

–Siendo el hombre al que dejaste tirado para casarte con Grimaldi, creo que tengo derecho a saberlo.

–Está bien. Te diré lo siguiente. Mi matrimonio fue tal y como me lo esperaba. Y preocuparse por Leno era algo sencillo.

–Es una manera interesante de decirlo. Te preocupabas por él. Yo esperaba que insistieras en el hecho de que lo amabas. Sobre todo teniendo en cuenta que te dejó todo su dinero.

–¿Sabes una cosa, Ransom? No me importa lo que esperes. ¡Tuve un buen matrimonio!

–¿Lo suficientemente bueno como para querer repetirlo? Dado que la recompensa final fue buena, no me extrañaría.

–No tienes ningún derecho a decir eso. Perdí a mi marido hace muy poco. ¡Aún lo echo de menos! –dijo ella, porque era cierto. No importaban las circunstancias de su matrimonio. Leno había sido un buen hombre.

–Sin embargo, si yo te besara ahora mismo, todos tus pensamientos sobre tu difunto marido se te irían de la cabeza sin más –señaló Ransom chasqueando los dedos.

Fue un comentario destinado a sorprenderla, y la sorprendió. El corazón le dio un vuelco ante la posibilidad porque sabía que era cierto.

–¡Ésa debe de ser la cosa más arrogante que hayas dicho jamás!

–Quizá, pero eso no hace que deje de ser cierto. ¿Verdad?

–Eso es discutible. No vas a besarme, así que nunca lo sabremos –respondió ella.

Tan pronto lo dijo, sus miradas se encontraron y Sam supo que Ransom estaba considerando la posibilidad. Apenas podía creerlo, pero aquello hizo que se le contrajera el estómago y que todos sus sentidos despertaran de golpe. Y una voz en su interior comenzó a instarlo a que lo hiciera.

Algo en sus ojos debió de haberla traicionado, porque la sonrisa de Ransom adquirió tintes diabólicos y sus ojos un brillo especial. Pero, al momento, él se giró y abrió la puerta de golpe.

–¡Está bien! ¡Vamos allá! –exclamo él alegremente, bajándose del coche y cerrando la puerta de golpe tras él.

Sam se quedó en su asiento, asombrada. ¿Qué estaba ocurriendo? Ransom había considerado la posibilidad de besarla, y eso iba en contra de todo lo que había dicho. No tenía sentido alguno. Había dejado muy claro qué era lo que no quería. ¿Entonces por qué plantearse besarla, aunque sólo fuera para demostrar que tenía razón?

De pronto la cabeza de Ransom apareció en la ventanilla.

–¿Algo va mal? –preguntó él con ironía.

–Sólo la compañía –contestó ella ácidamente, lo cual hizo que Ransom sonriera antes de volver a desaparecer.

Sintiendo que no tenía otra opción, Sam se colocó la armadura y se aventuró una vez más en el campo de batalla que era su relación con Ransom. Recogió su bolsa y su abrigo y salió del coche.

Ransom estaba en la parte de atrás recogiendo sus cosas.

–¿Lo tienes todo? –preguntó él, y ella asintió. Ransom cerró la puerta–. El barco está por allí –añadió inclinando la cabeza hacia la izquierda, se colgó la bolsa del hombro y se alejó.

Sam murmuró algo en voz baja y lo siguió a toda prisa. Debían de tener un aspecto extraño, con ella siguiéndolo como un perrito faldero. Finalmente fue ese comportamiento nada caballeroso lo que comenzó a despertar su sentido del ridículo. En un par de ocasiones tuvo que dar un salto par poder seguir su paso y, a veces, tuvo que aguantarse la risa. Él no miró atrás en ningún momento. Esperaría que ella estuviese allí, como un perro pisándole los talones. La imagen en su cabeza era completamente hilarante y finalmente una carcajada escapó a sus labios. Ransom miró por encima del hombro.

–¿Algo te divierte? –preguntó.

–No –dijo ella negando con la cabeza, y apretó los labios para no sonreír.

–¿Qué te propones?

–¿Proponerme? ¿Qué puedo proponerme en mi situación?

Ransom le colocó la mano en el hombro y Sam sintió cómo le temblaban las rodillas.

–Si estás pensando en escaquearte, ni se te ocurra –dijo Ransom.

–Ni se me ha pasado por la cabeza –negó ella angelicalmente.

–Claro –dijo él riéndose–. Y yo soy tonto. Creo que es mejor que camines donde pueda verte. Puedes ir delante.

–¡Pero si no sé adónde voy! –protestó Sam.

–Simplemente sigue recto y para antes de que llegues al agua –dijo Ransom.

–Vaya, gracias por la advertencia.

–Y trata de no tropezarte con nada –añadió él cuando Sam casi tropezó con una cuerda.

–¿Qué haría yo sin ti? –respondió ella con ironía, y escuchó cómo él se reía.

–Mi objetivo es complacer –dijo él, y Sam miró hacia atrás por encima del hombro.

–Y ambos sabemos lo bueno que eres… –comenzó a decir, hasta que se dio cuenta de lo que estaba haciendo. Era el mismo tipo de cosas que se habían dicho el uno al otro cuando todo había estado bien entre ellos. Se había metido en el papel sin darse cuenta– en eso –concluyó con un leve susurro.

–Eso es algo muy provocativo para una viuda –dijo él–. Parece que te cuesta recordar que dijiste que no ibas a intentar nada conmigo.

–Tonterías. Simplemente me he olvidado de dónde estaba –contestó ella con rapidez.

–¿A pesar de que me estuvieras mirando? –la desafió él.

–Puede que te estuviera mirando a ti, pero estaba pensando en Leno –insistió Sam, giró la cabeza y siguió caminando.

Menuda estupidez había dicho. Por un instante había parecido completamente normal que los dos estuvieran juntos, intercambiando indirectas como solían hacer. Era agradable, y ella había olvidado lo mucho que habían cambiado las cosas.

–No era mi intención desviar tus pensamientos de tu marido –dijo Ransom–. Si pudieras caminar sin ese contoneo tan sexy, quizá la tentación no sería tan evidente.

Sam volvió a detenerse en seco y dijo:

–No me contoneo cuando camino.

–Desde aquí me da la impresión de que sí –añadió él con una sonrisa maliciosa–, y es condenadamente sexy.

–Ransom, se supone que no debes ir mirándome el trasero –dijo Sam. ¿Qué diablos le pasaba aquel día? Quizá ella hubiese perdido el norte, pero estaba segura de que ese tipo de flirteos no deberían ocurrir entre ellos.

–Soy un hombre, no un monje.

–Bien, pues trata de pensar en mí como en una monja –dijo ella exasperada, y Ransom se carcajeó.

–Lo siento, pero no creo que pudiera adquirir el hábito de verte como a una monja.

Aunque trató por todos los medios de no hacerlo, su risa era contagiosa y, en segundos, Sam se encontró a sí misma sonriendo.

–¡Es un juego de palabras horrible, Ransom!

–Soy abogado, no cómico –señaló él.

–Menos mal, porque te morirías de hambre.

Cuando finalmente Ransom dejó de reírse, señaló hacia delante y dijo:

–No está mucho más lejos. Sigue andando. Prometo poner los ojos en el camino. Métete por el siguiente muelle. Mi barco está amarrado a medio camino.

Obedientemente, ella siguió sus instrucciones y preguntó:

–¿El barco tiene nombre?

–¿No lo adivinas?

–¿*Saucy Sue*? –sugirió ella–. ¿Qué tal *Pequod*?

Ransom le tocó el hombro y ella dio un brinco, dándose la vuelta.

–Prueba con algo más apropiado –dijo él girando la cabeza hacia el barco que tenían junto a ellos.

Atracado allí se encontraba un impecable yate. Pero no fue su belleza lo que atrajo la atención de Sam, sino su nombre. *El corazón inconstante*.

–El nombre fue lo que me convenció. El anterior propietario también había sido engañado. Apenas había utilizado el barco, pero quería deshacerse de él. Sellamos el trato al instante –explicó Ransom mientras subía a cubierta. Luego estiró el brazo para ayudar a Sam a hacer lo mismo.

Si hubiera podido subir al barco sin ayuda, lo habría hecho, pero no estaba muy acostumbrada a los barcos pequeños y tuvo que darle la mano a Ransom, preparándose para la corriente eléctrica que vendría con ello. Pero en esa ocasión trató de no delatarse, aunque dudaba que lo hubiera conseguido.

–Habría imaginado que ya le habrías cambiado el

nombre –dijo ella con frialdad, apartándose de él para poder respirar.

–No podría hacer eso. Es un buen recordatorio de lo cuidadoso que ha de ser un hombre –contestó él dirigiéndose hacia la cabina–. Deja tus cosas en uno de los armarios. Ponte cómoda. Echa un vistazo. Me llevará un rato tenerlo listo para navegar. Sube a cubierta cuando estés lista –añadió, y con eso desapareció.

Sam suspiró. La última media hora había sido un tormento. Ransom no estaba comportándose en absoluto como ella esperaba, y no sabía cómo interpretarlo. No debería ser tan amigable y, desde luego, no debería flirtear con ella.

Debería haber sido frío y distante. Educado pero nada más. Ella podría haberlo soportado. Era como si Ransom tuviera sus propios planes y los estuviera llevando a cabo. ¿De qué se trataba y por qué?

Le llevó poco tiempo dejar sus cosas y, después, pasó quince minutos explorando el barco por dentro. Era muy bonito, y a ella no le hubiera importado pasar tiempo allí si las cosas hubieran sido diferentes. Finalmente regresó a la cabina principal y escuchó cómo Ransom se movía sobre su cabeza. ¿Debería ir con él o quedarse fuera de su vista?

Si se quedaba abajo, seguramente él pensaría que lo estaba evitando. Aunque eso tenía sus ventajas, la verdad era que no había mucho que hacer allí abajo. Y él la había invitado a subir a cubierta cuando estuviese lista. Además, no iba en su naturaleza tratar de evitar las cosas, lo cual hizo que la decisión fuera simple.

Ransom estaba desatando los amarres y volvió a subir a bordo cuando ella apareció.

–Pensé que te habías perdido –dijo al verla.

–¿Hay algo que pueda hacer? –preguntó ella al ver que se dirigía a la cabina y encendía el motor.

–Ya está todo hecho, gracias.

Preparándose para lo que se avecinaba según comenzaban a moverse, Sam observó las velas, aún sin desplegar.

–¿No vas a utilizar las velas?

–No hasta que no salgamos del puerto. Primero prefiero dejar atrás todo este tráfico.

Sam miró a su alrededor y observó todos los barcos que iban y venían.

–Hay mucho movimiento –dijo ella.

–Cuando los hayamos dejado atrás, pararemos el motor y desplegaremos la vela principal –contestó él con una sonrisa.

–Esto te encanta, ¿verdad?

–Es lo mejor después del sexo –dijo él.

Se alejaron lentamente del puerto y, cuando estuvieron lejos, comenzaron a ir más deprisa. El barco iba dando tumbos, pero a Sam le gustaba sentir el agua en la cara y el viento en el pelo.

–¡Es fantástico! –exclamó ella, y se giró, viendo cómo Ransom la observaba con un extraño brillo en los ojos.

–¿No te mareas?

–Estoy bien –contestó ella.

–Eso significa que te sientes bien. ¿Quieres colocar algunas velas?

Sam asintió. Prefería tener algo que hacer a quedarse mirando.

–¿Qué hago?

–Pareces una niña pequeña a la que le han prometido un regalo –dijo él con una sonrisa pícara.

–No me lo pasaba tan bien desde… –desde que se habían separado. Pero sabía que no podía admitir eso en voz alta– desde hace mil años.

–Entonces agarra esa manivela y gírala cuando yo te diga –ordenó él tras apagar el motor–. Bien, ¡ahora! –exclamó minutos después. Sam empezó a girar la manivela y la vela empezó a elevarse lentamente. Cuando estuvo desplegada del todo, Ransom agarró el timón y giró el barco hasta que el viento llenó la vela y volvieron a ponerse en movimiento. Sólo que, en esa ocasión, parecía diferente.

–Oh, esto es mucho mejor –dijo ella–. No puedo explicarlo. Es como…

–Sé lo que quieres decir. No hay nada que se parezca a esto. Y una vez que te ha entrado el gusanillo, ya no lo puedes dejar –convino Ransom y, cuando sus ojos se encontraron, hubo un momento de empatía total.

–¿Eso significa que voy a tener que comprarme un barco? –preguntó ella.

–Primero vienen las clases de navegación. Luego viene el barco. Nunca me lo perdonaría si permitiera que te ahogaras –contestó Ransom.

–Sobre todo teniendo en cuenta lo buen marinero que eres, según todo el mundo –dijo ella–. ¿Navegas con frecuencia?

–No tanta como me gustaría, pero la suficiente como para mantenerme cuerdo en un mundo cada vez más loco.

–Oí que finalmente habías llegado a ser abogado de la Corona –dijo ella distraídamente, como si se hubiera enterado de la noticia por casualidad. La verdad era que había seguido su carrera en la prensa.

–¿De verdad? Nunca pensé que estuvieras interesada.

–Bueno, puede que no quisiera casarme contigo, pero me alegré por ti de todas formas. Sabía lo mucho que significaba eso para tu carrera. Debiste de sentirte muy orgulloso aquel día.

–En efecto –asintió Ransom–. Hubo un tiempo en el que pensaba que tenerte a ti allí habría sido perfecto. Luego resultó que estaba equivocado. No te necesitaba para ser feliz. Es extraño el funcionamiento de la mente –añadió con ironía.

–Todos tenemos que seguir adelante –respondió ella, aunque sintiéndose dolida.

–¿Me imaginabas a mí sin dormir por tu culpa, Sam? –preguntó él acto seguido.

–En absoluto.

–No te creo –dijo él riéndose–. No hay mujer en el mundo que no quiera creer que un hombre sufre por ella. Es parte de vuestra mentalidad.

–No puedo hablar por las demás mujeres que conozcas, pero conmigo te equivocas. Yo quería que me olvidaras –insistió Sam.

–¿Para aliviar tu conciencia, cariño? –preguntó él.

–Nada de eso, cariño. ¡Nunca dudé que hubiera hecho lo correcto!

–¿Ni siquiera te arrepentiste un segundo? Al fin y al cabo teníamos una vida sexual muy activa.

Ella se quedó con la boca abierta y dijo:

–¿Realmente me está preguntando si echaba de menos el sexo?

–¿Por qué no? Como ya te he dicho, siempre fuiste una compañera de cama muy entusiasta.

–¡No, no echaba de menos el sexo! –dijo ella apretando los dientes. Lo echaba de menos a él.

Necesitaba alejarse de él. Sus emociones estaban a flor de piel y, aunque su intención era clara, su visión no lo era tanto. No tenía ni idea de con qué tropezó pero, segundos después, sintió que se caía. Antes de tocar el suelo, la mano fuerte de Ransom la agarró y la enderezó, apretándola contra su pecho.

Sam se recuperó y fue consciente del calor que emitía el cuerpo de Ransom, aspiró su fragancia y sintió su corazón palpitar bajo su pecho. Hacía mucho tiempo que no estaba tan cerca de él, y se sintió sobrepasada por el deseo de acercarse más.

Sabía que eso era peligroso, así que intentó apartarse. Pero eso implicaba levantar la cabeza y, cuando lo hizo, se vio atrapada en esa mirada gris. Ransom la estaba mirando a los ojos, hasta que finalmente desvió la mirada hacia sus labios temblorosos, de los que escapó un leve gemido.

Fue como si ese sonido hubiera puesto en marcha un mecanismo de liberación y, sin más, Ransom agachó la cabeza y la besó. No hubo preliminares. La besó con una mezcla de ansia y necesidad que hizo que Sam se derritiera por dentro y respondiera a su boca instintivamente. Él le colocó una mano detrás de la cabeza y la sostuvo ahí mientras intensificaba la pasión de sus besos.

Sam nunca sabría cuánto habría durado el beso ni adónde los habría llevado porque, de pronto, el barco se tambaleó y la vela comenzó a ondear. Ransom la soltó inmediatamente, agarró el timón y volvió a poner el barco en la dirección correcta.

Sam se sentó en el banco más cercano y trató de recuperar el ritmo normal de su respiración. El corazón le latía a la velocidad del viento, y el súbito final de aquel apasionado beso la había dejado a medias. Sin embargo, con la distancia entre ellos, comenzó a darse cuenta del error que aquello había sido.

Tras comprobar que todo estuviera bien, Ransom la miró y dijo:

–¿Qué diablos estabas intentando demostrar?

–¿Yo? –preguntó ella, sorprendida por aquella acusación.

–Prácticamente te has lanzado sobre mí –contestó él arqueando una ceja.

Al escuchar semejante injusticia, Sam se puso en pie dispuesta a pelear.

–Me he tropezado, por si no te has dado cuenta –repuso ella–. E, incluso aunque no hubiera sido así, no tenías por qué besarme. Ésa ha sido idea tuya.

–Cierto –convino él–. El impulso por saber ha sacado lo mejor de mí.

–¿Saber qué?

–Saber si sería igual de bueno que antes. Creo que los dos hemos contestado a esa pregunta, ¿no crees?

Sam lo miró, incapaz de decir palabra. Sí, ambos conocían la respuesta. Había estado bien. Muy bien. Pero eso no cambiaba nada. Al fin encontró la voz para decir:

–Ese beso ha sido un error. Un error que no volverá a ocurrir. Al fin y al cabo, no nos queremos. Es sólo...

–Lujuria –concluyó Ransom–. Aún somos capaces de excitarnos el uno al otro, sólo que esta vez no hay nada noble como el amor de por medio. Aunque, en tu caso, amor nunca hubo.

–¿Es que tienes que seguir con eso? –preguntó ella.

Él torció los labios ligeramente, pero sin esbozar esa irritante sonrisa a la que Sam se estaba acostumbrando.

–Sólo me aseguraba de que ambos sabemos dónde estamos.

Sam frunció el ceño sin saber muy bien adónde los conducía todo eso.

–Eso ya lo sé. Yo soy persona non grata. La mujer a la que no tocarías ni con una pértiga.

–Preferiría usar las manos.

–¿Para qué? ¿De qué estás hablando?

–Para tocarte. Una pértiga no está diseñada para el contacto íntimo y personal –contestó él al instante.

–¿Qué se supone que significa eso? –preguntó ella, incapaz de creerse lo que estaba escuchando.

–Significa, cariño, que puede que esté interesado en ver adónde nos lleva este asunto inacabado entre nosotros –contestó él, pillándola completamente por sorpresa.

–¡No puedes hablar en serio! –exclamó ella, sintiendo cómo el corazón se le aceleraba.

–Jamás he hablado tan en serio.

Sam se llevó la mano a la frente en un intento inútil de evitar que la cabeza le diera vueltas.

–Pero tú no…

–¿No te quiero? –la interrumpió él con una sonrisa–. Tú misma lo has dicho. No hace falta querer a alguien para desearlo.

–La otra noche dijiste que no querías retomarlo donde lo dejamos –dijo Sam cruzándose de brazos–. Lo recuerdo perfectamente.

–Y lo decía en serio. Si tuviéramos una relación, no sería como la anterior. Ya no soy ese hombre, aunque tú seas la misma mujer –declaró Ransom como si estuvieran hablando del clima.

–Todo es una hipótesis. No va a ocurrir.

Cuando él se giró para mirarla, Sam vio la sombra en sus ojos.

–¿Cómo te hace sentir eso, Sam? ¿Feliz o decepcionada?

–Feliz, por supuesto.

–Por supuesto –repitió él con una leve risa. Luego miró su reloj–. El tiempo se nos está echando encima. Voy a poner rumbo al puerto. A no ser que opines lo contrario.

–Por mí está bien –convino ella, y se sentó en la popa, dejándole espacio a Ransom para maniobrar.

Poco después, ya iban de camino al puerto y Sam observaba trabajar a Ransom. Era como si formara parte del barco. Ella se sentía innecesaria y supo que esa excursión había sido un error en varios sentidos.

Ransom estaba sugiriendo tener una relación sin amor. Sólo con pasión. ¿Ella quería eso? ¿Podría aceptarlo? No lo sabía. Lo único seguro era que su vida se había complicado más aún.

Capítulo 6

DE VUELTA en el puerto deportivo, a Ransom le llevó poco tiempo amarrar el barco de nuevo y, poco después, ya estaban en el coche de vuelta hacia la casa. No se dijeron mucho en el viaje de vuelta y, como Sam tenía puesta su atención en el paisaje, no en el hombre que conducía, divisó de pronto a Alex.

Estaban parados en un cruce junto a un viejo bar. Ella estaba admirando el hermoso edificio y de pronto vio que, en una de las mesas de fuera, estaba sentado Alex.

–¡Oh, mira! Ahí está… –comenzó a decir, con la intención de llamarlo. Pero entonces vio a una mujer joven salir del bar. Eso no era extraño. Lo que detuvo a Sam fue que la mujer se pegó a Alex. Sus cabezas se juntaron mucho y se embarcaron en, lo que parecía ser, una conversación muy privada– Alex.

Ransom giró la cabeza y, al ver a Alex, dijo:

–¡Vaya! –en ese momento, el sonido de un claxon furioso indicó que la carretera ya estaba despejada y Ransom puso el coche en movimiento.

Sam frunció el ceño y se giró para mirarlo.

–¿Sabes quién es esa mujer? –preguntó ella.

–No tengo ni la menor idea pero, desde luego, parecían muy íntimos. Imagino que será una antigua amiga.

–Una muy vieja amiga –dijo ella con una sonrisa.

–Una muy vieja y cercana amiga –añadió él sonriendo también–. Me produce curiosidad. ¿Cuánto te ha contado Alex de sus relaciones pasadas?

Sam suspiró, irritada por las implicaciones que tenía aquella pregunta.

–Nada en absoluto. No tenemos ese tipo de relación, como ya he intentado decirte tantas veces. Supongo que tendrá secretos, como el resto de la gente –señaló ella.

–Eso no te lo puedo negar, ¿verdad? –dijo él con una sonrisa provocativa.

–¡Habla por ti!

–¡Mentirosa! –exclamó él riéndose–. Te diré una cosa. Yo te cuento mis secretos si tú me cuentas los tuyos. ¿Qué dices?

–Te digo que tendrás que esperar hasta que el infierno se congele –respondió ella.

–Sam, Sam, eres muy predecible. En cualquier caso, volviendo a Alex, Karl me dijo que su hermano tuvo una relación seria en el pasado.

–¿Crees que es ella? –preguntó Sam, sintiendo curiosidad por lo que había visto.

–¿Quién sabe? Esa escena que hemos visto puede que fuera completamente inocente.

–¡Salvo que ella estaba prácticamente sentada en su regazo! –señaló ella.

–Me preguntaba si te habrías dado cuenta. Quizá la lleve a la casa. Me parece a mí que las próximas horas podrían ser muy interesantes.

Cuando llegaron a la casa, Sam se fue a toda prisa a su habitación para ducharse y lavarse el pelo. Se puso unos pantalones cortos y una camiseta. De vuelta abajo, descubrió que el ama de llaves de los Hunt, la señora MacFee, había preparado una comida para ellos en el jardín. Vio que Ransom se había duchado también y se había puesto unos pantalones chinos color crema y una camisa azul pálido con las mangas remangadas.

A Sam le parecía extremadamente atractivo, y le

fue difícil concentrarse en la comida que tenía en el plato. Deseaba mirarlo y, en cuanto lo vio llevarse la copa de vino blanco a los labios, recordó el beso que habían compartido en el barco. Le había encantado y no podía evitar querer más. Pero eso era imposible.

En ese momento, Sam oyó voces dentro de la casa. Miró a Ransom intrigada pero éste se limitó a echarse para atrás en su silla y sonreír. Segundos después, dos figuras salieron de la casa. Sam no se sorprendió al ver a Alex acompañado de la mujer del bar, pero no pudo evitar arquear las cejas al ver que iban de la mano.

–Hola –dijo Alex cuando llegaron hasta la mesa–. ¡Menuda mañana! Me he encontrado con una vieja amiga, Emma St John, y hemos estado hablando de los viejos tiempos. Emma no tenía nada que hacer, así que la he invitado a comer. Ransom Shaw es un viejo amigo y Sam Grimaldi está de visita para ver a mi madre.

–Hola a los dos –dio Emma con una agradable sonrisa.

–Espero que tengáis hambre –dijo Sam–. La señora MacFee se ha excedido con la comida. Necesitaremos ayuda. Servíos.

Ransom se levantó y le ofreció una silla a Emma con una sonrisa. Sam sintió cómo su propia sonrisa desaparecía de sus labios. Eran celos, ni más ni menos.

Ransom regresó a su asiento mientras Alex se acomodaba entre Sam y Emma. La señora MacFee apareció para colocar dos servicios más y dejar una botella de vino y más copas.

–Gracias, señora Mac. Ha estado usted soberbia, como siempre –dijo Alex y, con una sonrisa, la mujer volvió a entrar en la casa.

–¿Y desde hace cuánto que os conocéis? –preguntó Ransom.

–Hará unos cuatro años ¿no crees, Alex? –contestó

Emma mientras se servía de uno de los platos que Alex le ofrecía. Mientras lo hacía, agarró el plato con la mano libre para estabilizarlo y sus dedos se rozaron.

Cualquiera que no hubiera estado tan cerca como Sam no se habría dado cuenta. Tampoco se habría dado cuenta de cómo las miradas de Alex y Emma se encontraron por un instante. Quedó claro que había algo profundo entre ellos. Se sintió feliz por los dos y deseó que les fuera bien.

–Más o menos –confirmó Alex–. La estuve ayudando con sus finanzas en un momento en que atravesaban ciertas dificultades. Nos hemos encontrado de vez en cuando, pero me quedé de piedra al encontrarla aquí.

–Sólo he venido a pasar unos días con unos amigos –explicó Emma–. Nunca imaginé encontrarme con Alex. ¡Es increíble!

–¡Y que lo digas! –exclamó Alex–. Pero bueno, ¿cómo os ha ido a vosotros? Veo que no te has ahogado, Sam. ¿Te lo has pasado bien?

–Ha sido fantástico. Estuve a punto de caerme, pero Ransom me salvó –contestó ella.

–Ya te dije que Ransom era el hombre apropiado –añadió Alex.

–Es cierto –convino Sam.

La hora siguiente pasó entre charlas y risas. Sam no podía recordar la última vez que se había reído de pura diversión. Pero no podía durar. Poco después, Emma dijo que tenía que marcharse y Alex se fue con ella para llevarla en coche.

–Llámame loco –dijo Ransom cuando estuvieron solos–, pero creo que esos dos tienen algo.

–No creo que se hayan encontrado por casualidad, ¿verdad?

–Desde luego que no –contestó él riéndose.

–Yo diría que Emma se había preparado mucho

para encontrarse con él hoy. ¡Fuera lo que fuera lo que ocurrió en el pasado, creo que esta vez no va a dejarlo escapar! –añadió Sam, riéndose también.

–Parece que no has tenido suerte –dijo Ransom, y ella frunció el ceño confusa.

–¿Perdón?

–Puede que lo tuvieras en tu punto de mira, pero Alex ya tenía quien lo apuntara.

–Lo creas o no, me alegro por él. Si quiere a Emma, y es evidente que así es, entonces que tengan suerte. Se merecen ser felices.

–¿Y qué pasa contigo? –preguntó él arqueando una ceja.

–¿Qué pasa conmigo?

Ransom se cruzó de piernas y preguntó:

–¿Es hora de pasar al plan B?

–Sé que me voy a arrepentir de preguntar esto, ¿pero cuál sería exactamente el plan B?

–Fijarte en el próximo hombre disponible con más dinero que sentido común –contestó él.

–¡Eres como un perro con un hueso! ¿Es que nunca te rindes?

–La rendición no está en mis genes –contestó él estirándose perezosamente.

Ella siguió su movimiento con los ojos y se vio tentada de tocarlo con total libertad, como había hecho en tantas ocasiones en el pasado. Apartó la mirada sabiendo que sería lo mejor.

–Probablemente eso es lo que te hace ser un buen abogado.

Ransom le colocó la mano sobre la suya, situada en su regazo. Ella lo miró sorprendida y él puso aquella sonrisa que siempre tenía la facultad de hacer que se le acelerase el pulso. Razón por la que Sam no apartó la mano.

–¿Qué te parece si damos un paseo por el bosque? Hace una tarde agradable –sugirió él.

El sentido común le decía a Sam que, probablemente, habría algo que quería decirle en privado. Fueran cuales fueran sus motivos, ella se sentía incapaz de seguir allí sentada por más tiempo. Un paseo le vendría bien para recuperarse.

–Gracias. Me encantaría.

Sam lo siguió sin importarle qué camino tomaban. Atravesaron el jardín y llegaron a un sendero que se adentraba en el bosque. Estaba todo muy tranquilo y no se oía nada más que el canto de los pájaros.

–Sabes que de ninguna manera te habría dejado intentar nada con Alex, ¿verdad? –dijo Ransom tras un rato.

A Sam no la sorprendió el comentario. Se esperaba algo parecido.

–Lo sé. Recuerdo que fuiste muy claro al respecto –respondió ella.

Ransom recogió una rama caída y la apartó del camino antes de decir:

–Eso fue entonces. Ahora tengo razones diferentes para evitarlo.

–¿Y eso? –preguntó ella verdaderamente sorprendida–. Supongo que al final vas a decírmelas.

–De hecho, detendría cualquier relación que trataras de entablar –prosiguió él con calma, haciendo que Sam se detuviera en seco. Aquello era llevar las cosas demasiado lejos.

–No podrías –dijo ella–. Y, aunque pudieras, ¿por qué ibas a hacerlo?

–Porque tú y yo tenemos asuntos pendientes. El episodio de esta mañana lo ha dejado claro –contestó Ransom.

–Hay asuntos que conviene dejar sin resolver –insistió Sam, aunque sabía que los recuerdos de ese día la perseguirían durante mucho tiempo–. Ni siquiera deberíamos estar teniendo esta conversión –añadió–. Estoy loca por estar hablando de esto.

Él la miró y dijo:

–No, no lo estás. La mejor manera de describirte es «una tentación con piernas» –añadió con voz profunda.

Sam se quedó sin aliento ante aquel comentario. El aire que los rodeaba parecía cargado de electricidad y, a la vez, de posibilidades. Pillada con la guardia baja, Sam levantó las manos como para protegerse, aunque Ransom ni siquiera se había movido.

–Espera un segundo. ¿Qué estás haciendo?

–¿Qué crees que estoy haciendo? –preguntó él provocativamente.

Ella lo sabía perfectamente, pero no debería estar ocurriendo.

–Para, ¿de acuerdo?

–Lo haría, pero tengo un problema –dijo él dando un paso hacia delante. Ella se echó hacia atrás.

–¿Qué problema?

–Un problema de memoria.

–¿Un problema de memoria? –preguntó ella casi sin poder articular palabra. Sabía que sonaba como un loro, pero no podía evitarlo.

–En efecto. Ya ves, tengo una memoria perfecta, y recuerdo lo gratificante que es hacer el amor contigo. Eras tan desinhibida y apasionada... Sería muy fácil perderse en ti –dijo él dando otro paso al frente, y haciendo que ella lo diese hacia atrás.

–Quizá, pero no va a volver a ocurrir –señaló ella sintiendo cómo el calor se extendía por todo su cuerpo.

Él se carcajeó.

–Bonitas palabras, pero lo que hay entre nosotros no funciona así. Si yo te tocara, te derretirías. Como hiciste esta mañana.

Sam sabía perfectamente lo que quería decir. Estar tan cerca de él era poco menos que inquietante, y ese beso estaba aún demasiado cercano en el tiempo. Ella se había derretido entonces y, probablemente, volvería a hacerlo. En lo que a Ransom respectaba, ella era un caso perdido. Lo cual no significaba que no fuese a luchar. Estaba jugando con ella y Sam tenía que mantener la cabeza despejada para averiguar adónde quería llegar.

–Ambos convinimos en que había sido un error.

–Un error que podríamos repetir –insistió él–. Creo que deberías parar ahí.

Sam miró hacia atrás y vio que estaba al borde de una pequeña pendiente.

–¡No vamos a repetir nada!

–Te equivocas.

–¿Cómo puedes estar tan seguro de eso? –preguntó ella casi sin aliento, aunque conocía de sobra la respuesta.

–El hecho de que aún nos deseemos lo cambia todo –dijo él.

–¡Esto no puede estar ocurriendo! Cuando me levanté el viernes por la mañana, todo parecía muy simple. ¡Hay alguien ahí arriba a quien no le gusto nada!

–O alguien que tiene otros planes para ti –sugirió Ransom.

–No me interesan otros planes. Desde luego no estoy interesada en resolver esos asuntos pendientes que quedan entre nosotros –respondió ella, y se giró para poner distancia entre ellos, olvidando por completo la pendiente que tenía detrás.

Sam dio un paso, tropezó y aterrizó sobre las nalgas. Resbaló alguna distancia y luego rodó el resto de la pendiente. Finalmente acabó boca abajo sobre un montón de hojas que el viento había colocado allí.

–¿Estás bien? –preguntó Ransom, que había bajado a ayudarla.

–Estoy perfectamente bien, gracias por preguntar –contestó ella sin mirarlo.

–¿Qué intentabas hacer? –añadió él mientras se agachaba.

Entonces ella levantó la cabeza y escupió un pedazo de hoja.

–Un doble salto mortal. ¿Qué crees que estaba haciendo pedazo de... de...? ¡Ahh!

–Te daría un diez por el esfuerzo, pero creo que deberías practicar más –respondió él tratando de no reírse.

–No te rías de mí, Ransom –lo amenazó ella mientras se giraba para sentarse.

–¿O qué?

–¡O esto! –exclamó Sam tirándole las hojas por la cabeza.

Lo pilló por sorpresa, pero sólo por un segundo. Mientras ella se reía, él se quitó las hojas de la cara y dijo:

–¡Bien!

Segundos después, el aire se llenó de hojas mientras se las tiraban el uno al otro.

Ransom llegaba más lejos y tenía mejor puntería, así que Sam trató de escapar. Pero, cuando comenzó a escalar a cuatro patas la cuesta por la que había caído, él la agarró por el tobillo y tiró de ella hacia atrás.

–¡No, no! –exclamó él y, para asegurarse de que no lo volvía a intentar, la aprisionó con su propio peso–. Muy bien, cariño. ¿Ahora qué vas a hacer?

Ella dejó de reírse y fue consciente de todo su cuerpo sobre ella. Era algo muy íntimo que le recordaba a los viejos tiempos. Se le quedó la boca seca e, instintivamente, se humedeció los labios. Algo que captó la atención de Ransom, que también dejó de reírse.

Sam pudo escuchar su corazón latiendo con fuerza y supo que no debía mirarlo porque, si lo hacía, estaría perdida. ¿Pero adónde mirar? Finalmente centró la mirada en el último botón de su camisa.

–Pienso que deberías dejar que me levantara –sugirió Sam sin atreverse a empujarlo.

–¿Es que puedes pensar en un momento como éste? –preguntó Ransom, y la reacción de Sam fue mirarlo a los ojos.

En el momento en que lo hizo, salir inmune de aquello dejó de ser una opción. Sus ojos se encontraron y ella se sintió incapaz de pensar con claridad. Sin ser muy consciente de lo que hacía, levantó las manos y las colocó contra su pecho.

–Oh, Ransom –suspiró.

–Oh, sí –dijo él, emitiendo un sonido profundo típicamente masculino y, sin perder un segundo más, agachó la cabeza y la besó.

Fue maravilloso. No tan desesperado como el beso anterior pero mucho más poderoso. Despertó en ella un ansia que aumentaba con el roce de sus lenguas. Los dedos de Sam se enredaron en el tejido de su camisa y apretaron con fuerza mientras que la mano libre de Ransom buscaba el borde de su camiseta y se deslizaba por su espalda. Ella suspiró y se arqueó, sintiendo cómo su cuerpo se agitaba contra el de ella.

En ese momento un perro ladró y se oyó la voz de un niño riéndose. Los dos se quedaron de piedra. Un instante después, Ransom se quitó de encima y se incorporó, mientras que Sam se quedó tumbada contemplando los árboles y tratando de recuperar el ritmo normal de su respiración. Apenas lo había conseguido cuando divisó un perro blanco y negro seguido de un niño de unos diez años. El niño se detuvo, asustado de encontrarlos allí, pero el perro se acercó a Ransom.

–Eh, ¿cómo te llamas? –le preguntó Ransom al animal rascándolo detrás de las orejas.

–Ven aquí, Buster, aquí, chico –dijo el niño, y el perro se apartó–. Lo siento –se disculpó el chaval–. No sabíamos que hubiera nadie aquí, espero que no los haya asustado.

–No hay problema. Me gustan los perros –respondió Ransom con una sonrisa.

El niño miró entonces a Sam, que se había incorporado y se estaba quitando las hojas de encima.

–¿Están bien? Puedo llamar a mi padre si necesitan ayuda –dijo el niño.

–Estamos bien. Nos cansamos de caminar y nos sentamos a descansar un rato –explicó Ransom.

–Muy bien –contestó el niño–. Tengo que irme. Vamos, Buster –y se alejó corriendo con el perro.

–Bueno, eso ha sido tan efectivo como una ducha fría –dijo Ransom cuando se quedaron a solas, poniéndose en pie y quitándose las hojas de encima.

Sam también se levantó, aunque menos elegantemente. Trató de arreglarse el pelo con los dedos, pero estaba hecho un desastre.

–Me alegra que pienses que es divertido –dijo ella–. Si el perro no hubiera ladrado, el niño se habría encontrado de golpe con nosotros.

–Y nos habría visto besándonos. Menuda cosa –dijo Ransom tratando de quitarle algunas hojas del pelo. Pero Sam le apartó la mano.

–No debería habernos encontrado haciendo nada –insistió ella, tras lo cual Ransom la agarró por los hombros y la giró.

–Deja de montar escándalo por nada y estate quieta –añadió él cuando Sam trató de apartarse. Le quitó toda las hojas del pelo en un abrir y cerrar de ojos y luego comenzó a frotarle la espalda y las nalgas, pero aquello ya era demasiado.

–¡Para! ¡Ya me has tocado bastante en un solo día!

–Yo no he hecho nada que no quisieras que hiciera –señaló él.

–Bueno, gracias, eso me hace sentir mucho mejor

–contestó ella amargamente–. Mira, vamos a dejar una cosa clara. Ya no habrá más toqueteos, ni asuntos de ningún tipo en el futuro. Mantente alejado de mí. Sea cual sea tu juego, déjame fuera de él.

–Yo no juego –contestó él–. Y, sea lo que sea esto, tú eres parte de ello, te guste o no.

–¡No puedes desear esto! –exclamó ella sin saber qué hacer. Puede que la deseara, pero no tenía sentimientos más profundos hacia ella, y no sabía si podría soportar la frialdad de saber eso a pesar del calor de la pasión que sentían.

–Te aseguro que yo no lo he planeado, pero soy realista. Juego con las cartas que tengo.

–¿Y qué pasa si las apuestas son demasiado altas?

–No creo que tengamos alternativa.

–Claro que la tenemos. Simplemente podríamos seguir nuestro camino –dijo ella. Eso sería lo más sensato. Así habría menos dolor, al menos para ella.

–Podríamos, pero entonces nunca lo sabríamos, ¿verdad?

–¿Qué quieres decir?

–Nunca sabremos si habría merecido la pena ganar el juego.

Sam sintió un escalofrío por la espalda a pesar de lo caluroso del día.

–¿Qué hay que ganar? –preguntó ella. Desde luego su amor no. Eso lo había perdido hacía tiempo. No era ninguna cobarde. Lo habría arriesgado todo si pensara que habría alguna posibilidad de recuperar eso. Pero sabía sin duda que no la había.

–Eso no lo sabríamos hasta que no llegáramos al final –contestó Ransom–. Tienes que decidir si el viaje sería suficiente. Yo voy a hacer todo lo posible por convencerte de que sí lo es. Además, ¿qué puedes perder?

–¿Qué esperas conseguir? –preguntó ella, porque ésa era la pregunta crucial.

–Sacarte de una vez por todas de mi cabeza. Ahora mismo eres como la fiebre en mis venas. Eres la única que puede curarme –contestó él con voz profunda.

–Podría causarte más mal que bien –señaló Sam.

–Es un riesgo que estoy dispuesto a correr. Me deseas, Sam, y esta vez no tienes que fingir que me amas para tenerme.

–¿Quieres decir que puedo pasármelo bien sin tener que pagar por ello? –preguntó ella riéndose, aunque sentía su corazón más dolorido que nunca.

–Absolutamente –convino él.

Decidida a no dejarle ver su dolor, Sam sonrió y dijo:

–Entonces sería tonta si no lo considerara, ¿verdad?

–Sabía que al final acabarías viéndolo como yo –contestó él.

Sam no dijo nada, porque no había respuesta para eso. Al menos sabría cómo sería su relación si accedía. Sin amor ni sentimientos profundos. Sólo pasión salvaje durante el tiempo que durase.

Ransom echó a andar y Sam lo siguió. Tenía la impresión de que su vida estaba a punto de dar otro giro inesperado y, la verdad, no podía decir si se alegraba o no.

El domingo resultó ser más caluroso aún. Después del desayuno, Alex les propuso a Sam y a Ransom ir a la playa con él y con Emma. Podrían nadar un poco antes de regresar a Londres por la tarde. Por una vez, Ransom dejó decidir a Sam. Probablemente porque pensaba que no sería capaz de encontrar una razón para no ir. Y así fue el caso.

Sam accedió y subió a preparar sus cosas. No era que no quisiera ir, era la manera natural en que se los emparejaba a ella y a Ransom lo que la ponía nerviosa.

Era como si su futuro ya estuviera fijado, a pesar de que aún no hubiera decidido lo que hacer con respecto a su redescubierta pasión.

No había mucha gente en la playa y consiguieron encontrar un lugar tranquilo y apacible. Tras extender las toallas, Alex y Emma se quedaron en bañador y corrieron al agua. Ransom simplemente se quitó la camiseta, dejando su cuerpo al descubierto salvo por su bañador.

Cuando se tumbó en la toalla y se estiró junto a Sam, ella no pudo evitar observarlo, sintiendo un nudo en la garganta. Era el epítome de la perfección masculina y, como siempre, sus dedos ansiaban recorrer su cuerpo para descubrir si seguía siendo igual que antes. Finalmente lo miró a la cara y descubrió que él la estaba mirando.

–¿Te gusta lo que ves? –preguntó él.

Sam sintió el color en sus mejillas, pero se mantuvo tan fría como pudo.

–Siempre me gustó mirarte –contestó mientras se quitaba la ropa, dejando un ver un traje de baño de una pieza.

–No tienes que dejar de mirar, ya lo sabes. De hecho me encantaría sentir tus manos de terciopelo sobre mi piel en este momento –añadió Ransom.

–¡Para! –ordenó Sam.

–Realmente no estoy haciendo nada –dijo él mientras se incorporaba con la ayuda de un brazo.

–Estás flirteando conmigo.

–¿Es eso lo que estoy haciendo? –preguntó Ransom mientras se reía. Qué curioso. Yo creía que estaba intentando seducirte. En cualquier caso, no es ningún crimen desearte, cariño.

Incapaz de aguantar su mirada por más tiempo, Sam miró para otro lado, alcanzando su bolso para buscar la loción solar.

–El hecho de que todo el mundo nos empareje no significa que sea una realidad.

–Todavía no –convino Ransom mientras apartaba la mirada de ella para observar a Alex y a Emma jugar con las olas–. Hacen buena pareja.

–Sí, es cierto –contestó ella mientras se extendía la crema por las piernas.

Emma había cenado con ellos la noche anterior y había conectado con los Hunt desde el principio, como Sam esperaba.

–Son jóvenes y están enamorados. Todo es perfecto para ellos –continuó ella con la esperanza de que todo siguiera así. Era resultado de su propio dolor el desear a todo el mundo la felicidad.

–¿Los envidias? –le preguntó Ransom.

El corazón le dio un vuelco. Por supuesto que los envidiaba.

–Les envidio su felicidad. Aún recuerdo cómo era –contestó ella mirándolo con una sonrisa–. Ser joven y estar enamorado es especial.

–¿De quién estabas enamorada tú? –preguntó él, y Sam supo que había dicho demasiado.

–Ya no importa –contestó ella. Dejó la crema solar y se tumbó boca abajo, cerrando los ojos.

–Imagino que el hombre en cuestión no pensaba igual. Debió de ser doloroso. Por supuesto, podrías haber sido pobre y feliz, pero obviamente no era eso lo que querías.

El sarcasmo en su voz la hirió como nunca antes. Ella se incorporó apoyándose en un codo y dijo:

–Tú no sabes nada de lo que yo quería, Ransom, así que deja en paz el pasado. Se acabó, y nada puede cambiarlo. Así que deja el tema, ¿de acuerdo? –con esas palabras volvió a tumbarse y apartó la mirada de él.

–Lo siento –dijo él tras un silencio, y aquello la sorprendió tanto que se vio obligada a mirarlo.

–¿Te estás disculpando?

–No es tan raro.

–En ti sí lo es –dijo ella riéndose.

–Por propia experiencia, tiendo a olvidar que no naciste siendo una cazafortunas. Eso vino después. ¿Qué ocurrió con el gran amor de tu vida?

Sam se preguntaba qué diría si le dijera que el amor de su vida estaba a su lado.

–La vida, Ransom. Simplemente la vida. Eso que ocurre mientras haces otros planes. Ahora, si no te importa, voy a tumbarme y a olvidarme del pasado.

Y eso hizo, ignorando al hombre que tenía al lado. Lo consiguió durante cinco minutos, cuando sintió su mano en la espalda.

–¿Qué…? –comenzó a decir, tratando de levantarse. Pero él apretó con fuerza–. ¿Qué estás haciendo?

–Vas a quemarte, así que te estoy dando crema en la espalda. Estate quieta o se te pegará la arena –dijo Ransom.

Entonces Sam sintió el frescor de la crema, aunque lo único de lo que estaba pendiente era del tacto de sus dedos sobre su piel. De pronto sus manos se deslizaron hacia sus costillas, hasta tocar el contorno de sus pechos. Ella emitió un grito sordo y trató de imaginar que no había sido a propósito. Pero, cuando lo volvió a hacer, supo que era plenamente consciente de lo que hacía.

Sin embargo, no quería que parara. Quería sentir aquello, lo necesitaba. Cuando Ransom finalmente colocó la mano en la parte de abajo de su espalda, Sam se quedó decepcionada.

–No pares –dijo en un susurro.

–O paro o te hago el amor delante de todo el mundo –dijo Ransom con voz profunda.

Sam se dio la vuelta y lo miró a los ojos. Levantó la mano y la colocó sobre su pecho, sintiendo el latido acelerado de su corazón.

–¡Oh, Dios! –exclamó ella

–No va a desaparecer, Sam.

–Lo sé –admitió Sam, sabiendo que estaba perdida.

Ransom agachó la cabeza y cerró los ojos.

–Quiero besarte pero sé que, si lo hago, no querré parar.

Sam no dijo nada. ¿Qué podía decir? No era ni el momento ni el lugar. Estaba tratando de reunir las fuerzas necesarias para quitárselo de encima cuando alguien lo hizo por ella.

–Bueno, bueno, bueno. ¿Qué ocurre aquí? –preguntó Alex, y Sam dio un brinco.

Ransom se incorporó lentamente. Ella también se sentó y los dos miraron a Alex, que estaba de pie con los brazos en jarras y riéndose.

–¿Desde cuándo? –preguntó Alex, y Emma le dio un golpe en el brazo–. ¿Y eso por qué?

–¡Hombres! –exclamó Emma mirando a Sam, que se puso en pie.

–No importa. Necesito refrescarme –dijo Sam, y salió corriendo hacia el agua.

El baño le sentó de maravilla, refrescándole el cuerpo. Cuando se cansó de nadar, se colocó boca arriba y comenzó a flotar. La interrupción de Alex había sido muy oportuna, pero no cambiaba nada. Ransom tenía razón, esa atracción física no iba a desaparecer. Seguían deseándose el uno al otro, y con gran intensidad. Por su parte, claro, también había amor, lo cual no podía decirse de él.

Seguía sin saber lo que hacer, y hacía demasiado calor para pensar. De modo que nadó hasta la orilla y se reunió con los demás. Tuvo cuidado de no sentarse demasiado cerca de Ransom, hecho que él advirtió con una sonrisa. Era consciente de su presencia incluso mientras hablaba con Emma. No era desagradable; era simplemente una electricidad que flotaba en el aire.

Estaba en armonía con él más que con nadie en todo el mundo. Era su destino.

Nadaron y tomaron el sol durante las horas siguientes pero, finalmente, subió la marea, así que recogieron sus cosas y regresaron a la casa. Ellen y David Hunt estaban sentados en el jardín bajo una sombrilla, bebiendo algo que parecía ser deliciosamente fresco.

–¿Qué es eso que bebéis? –preguntó Alex.

–Limonada fresca –respondió su madre–. Hay un par de jarras en el frigorífico.

–Iré a por ellas –dijo Sam inmediatamente, y se dirigió hacia la puerta de la cocina sin dar tiempo a que nadie dijera nada. Prepararía una bandeja para los demás y luego regresaría para quitarse la sal y la arena. Cuando llegó a la cocina, se dirigió al frigorífico y sacó una jarra de limonada. Colocó unos vasos en una bandeja junto con algunos aperitivos.

Mientras se dirigía de vuelta hacia la puerta, una enorme araña apareció en el borde de la bandeja y se dirigió con rapidez hacia su mano. Instintivamente, Sam dio un grito y dejó caer la bandeja al tiempo que daba un brinco hacia atrás. La bandeja cayó al suelo con el consiguiente estrépito y la araña que lo había provocado todo salió corriendo en dirección contraria.

Sabiendo que estaba empapada de limonada y, probablemente, llena de pedacitos de cristal, Sam se quedó quieta. Segundos después, Ransom entró corriendo en la cocina seguido de Alex.

–¿Qué ha ocurrido? –preguntó Ransom.

–He tirado la bandeja –explicó ella.

–Eso ya lo veo –contestó él–. La pregunta es por qué.

–Bueno, verás, había una araña en la bandeja y me asusté. Así que dejé caer la bandeja. Lo siento. Lo pagaré –aquello último iba dirigido a Alex, que empezó a carcajearse.

–¿Quieres decir que Ransom ha salido corriendo

para rescatarte como el caballero de la armadura blanca por una simple araña?

–No sabes el miedo que le dan las arañas –respondió Ransom, y Alex abrió mucho los ojos.

–No, no lo sé. ¿Y tú cómo lo sabes?

–Salió en una conversación –dijo Ransom para salir del paso.

Si Alex no se lo creyó, desde luego no lo demostró. Simplemente dijo:

–Mira, si tú puedes ocuparte de esto, yo iré fuera a decirles a mis padres que no ha pasado nada.

–Buenos reflejos –dijo Sam cuando estuvieron los dos a solas.

–Te ayudan a salir airoso de situaciones en las que te metes tú mismo –dijo él sardónicamente, y miró el desastre que había formado a su alrededor–. Quédate donde estás, Sam. Te auparé en brazos y te subiré a una silla. Luego te quitaré los cristales de las piernas.

Acto seguido la levantó con suma facilidad, la colocó en una silla y le quitó los cristales de las piernas con rapidez.

–Ya está –declaró–. ¿Dónde guardan el cepillo?

–Creo que el armario de la limpieza está allí –dijo ella señalando una puerta que había en una esquina–. A lo mejor ahí hay uno.

Ransom agarró una escoba que se cayó al abrir la puerta, la volvió a dejar en su sitio y sacó el cepillo y el recogedor. Poco tiempo después, ya lo había limpiado todo, dejó el cepillo y el recogedor en el armario y llenó dos vasos de limonada con la jarra que quedaba en el frigorífico. Se sentó frente a Sam y le pasó uno de los vasos.

–¿Qué tal el día hasta este momento? –le preguntó, y Sam se carcajeó.

–Con sus momentos de drama. Nunca pensé que la limonada pudiera extenderse tan deprisa y ser tan pegajosa.

–No pareces muy disgustada por cómo han salido las cosas –señaló él, observando de cerca su respuesta.

–¿Te refieres a Alex y a Emma? Ya te dije que no estaba interesada en él en ese sentido. Deberías escuchar más –contestó Sam con rapidez.

–Mi vieja y sabia abuela solía decir que se aprende más con las orejas abiertas y la boca cerrada –asintió Ransom.

Sam frunció el ceño sin estar muy segura de si creerlo o no.

–¿Existe esa vieja y sabia abuela?

–Sigue fuerte a los noventa –confirmó él con una sonrisa.

–Entonces algo bueno hace. Deberías seguir su consejo –sugirió Sam, y él se rió amargamente.

–Siento interrumpir –dijo Alex, que había reaparecido en la cocina seguido de Emma–. Vamos a darnos una ducha rápida y a cambiarnos. Luego iremos a comer algo por ahí. ¿Queréis venir?

Sam parpadeó sorprendida y dijo:

–Pensé que habíamos planeado emprender pronto el camino de vuelta a casa.

–Es cierto –dijo Alex, y la sonrisa desapareció de sus labios–. Maldición.

–Yo me voy a marchar en breve, así que puedo dejarte donde quieras –sugirió Ransom, y Alex volvió a sonreír.

–Claro, eso es. No hay problema –dijo, y miró a Sam–. Si a ti no te importa, Sam.

¿Qué podía decir ella? No iba a privarlo de ese tiempo con Emma.

–Está bien. Acepto la oferta de Ransom.

–Gracias. Te debo una –añadió Alex con una sonrisa encantadora antes de desaparecer por la puerta con Emma.

–¿Estás seguro de que no pasa nada? –le preguntó a

Ransom cuando se quedaron solos–. Puedo ir en tren si es mucha molestia.

–Como ya he dicho, ambos vamos en la misma dirección. Además, tenemos mucho de qué hablar.

–¿Ah, sí?

–No tengo ninguna intención de ignorar lo que hay entre nosotros –le recordó Ransom suavemente. Ella tampoco pensaba que pudiera ignorarlo, aunque no iba a hacer nada precipitado.

–Y yo no tengo intención de comenzar una relación contigo sin pensar, Ransom.

–Por mí bien. Soy un hombre paciente. Puedo esperar.

–¡Puede que tengas que esperar para siempre!

–Lo dudo pero, si quieres pelear, estoy dispuesto. Una pelea cuerpo a cuerpo sería interesante –dijo él riéndose y poniéndose en pie–. ¿Por qué no vas a hacer la maleta mientras yo les comunico a los Hunt el cambio de planes?

Sam observó cómo salía de la cocina. Si pensaba que ella iba a lanzarse en sus brazos sin más, iba a llevarse una sorpresa. Puede que deseara a Ransom más que nunca, pero no era una chica fácil.

Ransom sólo buscaba una aventura y, aunque decir que sí le daría la oportunidad de pasar más tiempo con el hombre al que amaba, no era eso lo que ella realmente deseaba. ¿El hecho de saber que no podría tener eso significaba que debía conformarse con lo que él le ofrecía?

Era algo en lo que tendría que pensar a fondo.

Capítulo 7

EL TELÉFONO sonó junto a ella en el mostrador de recepción y Sam dio un brinco del susto. Se estaba acostumbrando a hacer eso, y todo por un hombre de un metro ochenta de altura. Ransom la había llevado a casa como había prometido y la había dejado en la puerta con un simple «me mantendré en contacto». Eso había sido hacía dos semanas, y no había sabido nada de él desde entonces. Para empeorar las cosas, en vez de sentirse aliviada, estaba cada vez más inquieta.

Cada vez que sonaba el teléfono en casa, o el timbre, esperaba que fuera él. Y, como siempre resultaba ser otra persona, se le caía el alma a los pies.

Conociéndolo, imaginaba que Ransom sabría exactamente cómo se sentía, y se estaría manteniendo alejado deliberadamente. Fuera cual fuera la razón, el resultado era el mismo. Ella se estaba convirtiendo en un completo desastre. Yendo de emoción en emoción.

Por ello, cuando sonó el teléfono en esa ocasión, agarró el auricular y contestó con más sequedad de la habitual.

–Hotel Royal.

–Eh, eh, eh. ¿Quién se ha levantado con el pie izquierdo esta mañana? –preguntó una voz al otro lado de la línea. Esa voz burlona que reconocería en cualquier parte.

Su primer pensamiento fue de profundo alivio porque por fin había llamado. No porque la espera hubiera terminado, sino porque había comenzado a pensar que quizá hubiera cambiado de opinión. Una reacción que demostraba lo confusa que estaba.

–¿Cómo has conseguido este número?

–Estaba en la guía. Ellen me dijo dónde trabajabas. Admito que estoy sorprendido. ¿Por qué trabajas?

–No puedo creer que hayas llamado para interrogarme, Ransom –contestó ella con frialdad, evitando contestarle.

–¿Me has echado de menos?

–Pues resulta que apenas he pensado en ti –mintió Sam. Por supuesto que lo había echado de menos. Lo había echado de menos durante seis años, y se daba cuenta de que sus reacciones de los últimos días eran porque se moría de ganas de que llamara.

–Sí, yo también –dijo él riéndose.

–Lo siento, ¿querías algo en especial? Porque, si no, estamos bastante ocupados...

–¡Mentirosa!

–¿Perdón? –preguntó ella totalmente desconcertada.

–Sólo hay una persona en el mostrador y ya está siendo atendida por uno de tus compañeros.

Sam se apartó el auricular de la oreja como si la hubiera mordido y miró a su acreedor frenéticamente. Si Ransom sabía que había sólo una persona en el mostrador, entonces era porque estaba allí. Lo divisó relajadamente sentado junto a una de las ventanas. La saludó con el teléfono móvil y lo apagó, poniéndose en pie. Sam apretó los dientes frustrada. Era muy típico de él utilizar ese tipo de trucos, y sintió ganas de lanzarle el auricular a la cabeza. Lo que hizo finalmente fue colgar y esperar a que él llegara golpeando con las uñas en el mostrador.

Puede que estuviese molesta, pero eso no hacía que sus sentidos no se alteraran al verlo. Fue consciente de que varias mujeres se giraron para mirarlo según pasaba, pero él tenía su atención puesta en ella.

–¿Qué estás haciendo aquí, Ransom? –preguntó con toda la frialdad que pudo cuando él finalmente alcanzó el mostrador.

–Eh, eh –respondió él con provocación–. ¿Es ésa forma de hablarle a un cliente?

–Tú no eres un cliente, eres un pesado. ¿Qué deseas?

–A ti –contestó él con una sonrisa descarada.

–¿De verdad? Quizá si no te hubieras tomado dos semanas para ponerte en contacto conmigo, a lo mejor me impresionabas –dijo ella arqueando una ceja.

–¿Estabas preocupada, cariño? La respuesta es simple. Te he dado dos semanas de plazo. Pensé que lo considerarías una indecencia si te hubiera llamado demasiado pronto. Tu enfado me dice que me equivocaba, pero estoy preparado para recuperar el tiempo perdido.

–Me temo que eso no es posible, así que si no hay nada más…

–En realidad sí hay algo más –dijo Ransom–. He venido para llevarte a comer. Cuando llamé antes, una compañera tuya me dijo que hoy comerías a la una.

–No tienen derecho a hacer eso –dijo ella sorprendida, preguntándose quién habría podido ser. Todos sabían que no podían dar ese tipo de información.

–No los culpes. Puedo ser muy persuasivo. Es parte de mi trabajo hacer hablar a los que no quieren.

–Tendré que advertirles que mantengan la guardia alta en el futuro.

–¿Entonces habrá un futuro? –preguntó Ransom arqueando una ceja–. Me alegra oír eso.

–No quería decir eso y lo sabes –contestó ella entornando los ojos.

–Vaya, parece como si necesitaras alimentarte.

Siempre te ponías desagradable cuando tenías hambre –continuó él como si Sam no hubiera dicho nada–. Vamos. Resulta que conozco un lugar estupendo a la vuelta de la esquina.

Era insultante que diera por hecho su respuesta.

–Yo no voy a ninguna parte contigo. ¡Prefiero morirme de hambre!

–Ahora estás comportándote como una tonta –contestó él como si ella no tuviera más de cinco años.

–Un minuto... –comenzó a mirar, y sólo entonces se dio cuenta de que todo el mundo la estaba mirando. Ella era el centro de atención detrás del mostrador. Se puso roja y deseó que el suelo se abriese bajo sus pies y la tragase. Obviamente, no ocurrió, así que hizo lo único que podía hacer para ahorrarse más bochorno–. Voy a por mi bolso.

En la sala de personal, tomó aliento y se llevó las manos a las mejillas. Le temblaba todo el cuerpo, y no tenía nada que ver con el hecho de haber quedado en evidencia. Se debía a Ransom. No importaba lo que dijera, estaba ansiosa por verlo. Lo cual dejaba en entredicho todas sus palabras desagradables. Su resistencia era mínima, y él podría echarla abajo si quisiera.

Sin embargo, Sam era orgullosa y seguiría actuando como hasta entonces. Con eso en mente, trató de calmarse, se cepilló el pelo y comprobó el estado de su maquillaje antes de colgarse el bolso del hombro.

Cuando regresó al vestíbulo, Ransom estaba esperándola junto a la puerta. Pasaron unos segundos antes de que él se percatara de su presencia, y pudo observar su perfil. Parecía pensativo. Incluso melancólico, y Sam comenzó a preguntarse si tendría que ver con algún caso cuando él debió de notar su presencia y se giró para mirarla.

Ransom la llevó a un restaurante exclusivo donde habría tenido que reservar mesa.

–¿Tan seguro estabas de que aceptaría? –preguntó ella sardónicamente.

–Estaba seguro de que iba a comer aquí, con o sin ti –respondió él–. Sin embargo, me alegra que eligieras venir.

–La verdad es que no tenía mucha opción. El personal estaba escuchando cada palabra y tú te aprovechaste de eso –dijo ella mientras echaba un vistazo al menú.

–Ya te dije que todo vale en el amor y en la guerra. Pretendo aprovechar cada ventaja que tenga para llevarte a donde quiero –añadió él con voz profunda, haciendo que a Sam le diera un vuelco el estómago y se le pusiera la piel de gallina.

–¿Y dónde es eso exactamente?

–En mi cama.

De pronto la boca se le quedó seca y tuvo que humedecerse los labios con la lengua antes de decir:

–Dios, Ransom, das por hecho muchas cosas a partir de unos simples besos.

–Oh, lo doy por hecho a partir de más cosas, cariño. Lo doy por hecho porque te conozco. Y noto todas esas pequeñas señales que me dicen lo que realmente quieres decir, a pesar de lo que digas –respondió él–. Nos deseamos. Volveremos a compartir una cama. Aunque aún queda por decidir el lugar y el momento.

Sam apartó la mirada, fingiendo leer el menú, aunque no veía nada. ¿Cómo podía negarlo? Claro que lo deseaba. Lo amaba. Él era todo lo que ella deseaba y siempre desearía. Pero lo quería todo de él, mientras que Ransom sólo quería una relación física. Eso sólo la heriría más. Pero, por otra parte, ¿cómo podía privarse de pasar tiempo con él?

–¿Sam?

Ella dio un brinco, volviendo en sí, y lo miró a los ojos.

–Lo siento, ¿has dicho algo?

–¿Sabes ya lo que vas a pedir? –repitió él, y entonces ella se dio cuenta de que el camarero había vuelto y estaba esperando. Sam no acostumbraba a comer mucho durante el día, así que pidió una ensalada César y un café. Ransom pidió lo mismo y el camarero desapareció–. ¿Vas a decirme por qué estás trabajando en un hotel?

–Para que lo sepas, necesitaba estar ocupada. No sólo ocupada, sino que necesitaba sentirme útil. Ayudo a la gente cada día y me gusta. Probablemente pensabas que llevaba una vida de lujo y holgazanería.

–Sólo hasta que me enteré del proyecto de la residencia para enfermos –contestó Ransom–. Ellen estuvo más que dispuesta a contármelo todo. Te alaba en todos los aspectos.

–Yo soy sólo una de tantos que ayuda a los menos afortunados –dijo ella–. Sé que Leno estaría encantado con lo que estoy haciendo. Siempre fue generoso con las buenas causas. Yo quería continuar con eso.

Ransom se recostó en el asiento y la miró fijamente.

–Trabajas. Donas dinero. A mí me parece que has cambiado radicalmente. ¿Qué ocurrió?

–Quizá me di cuenta de mis errores –contestó ella encogiéndose de hombros.

–Quizá –convino él–. El mundo se mueve de maneras misteriosas. ¿Quién iba a decir que, habiendo pasado tan poco desde la muerte de tu marido, ibas a encontrarte conmigo? No es un mal cambio, cuando todo haya quedado claro.

–No puedes comparar ambas situaciones, Ransom. Aquí no hablamos de permanencia, ¿verdad? –preguntó ella tratando de sonar casual, aunque el tema le producía gran dolor.

–Te aseguro que esta vez no voy a pedirte que te cases conmigo, si eso es lo que quieres decir –confirmó él inclinándose hacia delante–. Nuestros futuros residen en alguna parte, pero ambos sabemos que seguimos estando en la cabeza del otro. Necesitamos estar cerca, Sam, cariño, y sólo hay una manera de conseguir eso. Tenemos la sangre caliente y hemos de dejar que siga su curso.

A Sam se le contrajo el corazón. Desde el punto de vista de Ransom, todo era perfectamente lógico, pero para ella... nunca tendría suficiente de él.

–¿Y qué pasaría si se volviera contra nosotros? ¿Qué pasaría si, en vez de eso, yo me enamorara de ti? –preguntó, y él se carcajeó.

–Ambos sabemos que no existe ese peligro. El amor es algo que jamás comprenderías.

Sam tomó aliento sabiendo que se lo merecía por haber hecho la pregunta.

–A ti te debo de parecer horriblemente superficial –dijo ella.

–No puedes evitar ser lo que eres.

–¿Entonces qué tiene todo esto que ver conmigo?

–Que el fuego sigue ahí, y las duchas frías no funcionan –admitió él amargamente.

–¿Tienes miedo de quemarte? –preguntó Sam.

–Puedo soportar tostarme un poco por los bordes –contestó él con una sonrisa.

–¿Siempre y cuando puedas librarte del peso del pasado?

–¿Qué razón tienes para decir que no? –la desafió él con la seguridad que lo caracterizaba, y ella podría haberle dicho que tenía la mejor razón de todas. Que lo amaba.

Pero en su corazón sabía que, a pesar de sus protestas, sólo había un lugar donde quería estar. Y era allí donde él estuviera, sin importarle las circunstancias.

–Para ti es muy fácil, ¿verdad? –preguntó ella.

–Porque lo es. Me deseas, Sam. Puedes intentar negarlo, pero ambos sabemos que mentirías.

–Tienes razón, no puedo negarlo pero... de algún modo me parece algo hecho a sangre fría.

–Estar aquí sentados hablando del tema, quizá. Sin embargo, si la memoria no me falla, creo que será cualquier cosa menos frío. En el momento perfecto, todo será perfecto. ¿O preferirías quc mc olvidase de las circunstancias y te hiciera el amor aquí y ahora?

Sam no pudo evitar reírse.

–Ya sabes que nunca me excitó el exhibicionismo.

–Lo recuerdo –contestó él–. Sin embargo, cuando estábamos a solas, no te contenías en absoluto. Así que vamos a esperar a que estemos solos a ver qué ocurre.

–¿Y qué pasa si no ocurre nada? –preguntó Sam–. ¿Qué pasa si cambio de idea? ¿Aceptarías un «no» como respuesta?

–Claro que lo aceptaría. Nunca en mi vida he forzado a una mujer e, incluso teniendo en cuenta nuestra situación, no pienso empezar contigo. Además, sé que al final dirás que sí.

–Tu seguridad en ti mismo podría perderse.

–¿Te atreves a apostarte algo?

–Creo que no.

–Sabia decisión –contestó él.

La llegada de la comida fue una interrupción bien recibida. Ransom no volvió a sacar el tema y Sam sospechaba que era porque pensaba que ya estaba todo dicho. Para ser sincera, ella sabía que era cierto. No iba a salir corriendo, porque eso requeriría más fuerza de la que tenía. En esa ocasión se quedaría hasta que él le dijese que se marchara.

Ransom la llevó de vuelta al hotel una hora después.

–Te recogeré a las siete esta tarde. Tengo entradas para la nueva obra de la que todo el mundo habla. Podremos picar algo después –dijo él mientras paraba un taxi.

–¡Puede que esta noche no me apetezca ir al teatro! –dijo Sam exasperada. Como respuesta, Ransom la tomó entre sus brazos y la besó apasionadamente.

–No digas nada precipitado sólo porque estés enfadada, Sam, cariño –añadió él mientras la soltaba y subía al taxi–. A las siete. No llegues tarde.

Sam observó cómo el taxi se alejaba, sintiéndose un poco asombrada. Por el beso, principalmente. Se tocó los labios, aún calientes. La verdad era que Ransom podía ser muy persuasivo. Era cierto que ella sólo protestaba por protestar, y ya era hora de parar. Lo que significaba que iría al teatro esa noche. Tanto mejor, porque llevaba tiempo queriendo ver esa obra.

La obra fue tan buena como decían en todas las críticas, y Sam salió del teatro llena de energía. Cuando Ransom le tomó la mano de camino a un restaurante cercano, ella se sorprendió, pero no dijo nada. Era agradable. Como si todo volviera a ser como debería. Por supuesto, ella sabía que nunca sería así, pero no había nada de malo en fantasear esa noche.

En esa ocasión fueron a un pequeño restaurante italiano. Ransom pidió las bebidas mientras esperaban la comida y Sam se sentó en su silla a disfrutar del vino, sintiéndose feliz por primera vez en bastante tiempo. Levantó la copa una vez más y vio que Ransom la estaba observando.

–¿Doy por hecho que te ha gustado la obra después de todo? –preguntó él, y ella se rió.

–Dalo por hecho. Ha estado genial. Gracias por invitarme –contestó Sam.

–De nada, pero tenía un motivo oculto para invitarte a salir esta noche.

–¿Ah, sí? –preguntó ella.

–Un amigo me deja usar su casa de campo en Cotswolds. Pensé que podría convencerte para ir conmigo un fin de semana –explicó Ransom.

–¿Me estás pidiendo que me escape contigo?

–Tendríamos privacidad y te garantizo que ambos obtendríamos beneficios de nuestro tiempo a solas.

Era una manera interesante de decirlo, pero ella no estaba segura de estar preparada para dar el siguiente paso. Lo cual era curioso, porque la primera vez no había tenido ninguna duda. No era como si aquello fuese a ser una novedad. Ya habían disfrutado antes de esa relación física, así que sabía lo que esperar. Quizá fuera porque, en esa ocasión, sabría desde el principio que no iba a durar.

–Esto es muy inesperado –declaró ella, y Ransom estiró el brazo para tomarle la mano por encima de la mesa.

–No tan inesperado. Ambos somos adultos. Sabemos lo que queremos. ¿Por qué esperar? Los dos somos libres ahora.

–No me gusta precipitarme.

–Lo recuerdo. Siempre te gustó ir despacio. Muy bien, me tomaré el tiempo necesario, cariño, pero no quiero esperar mucho –añadió él con una sensualidad que le derritió los huesos y la resistencia al mismo tiempo.

–Había olvidado lo persuasivo que puedes llegar a ser –admitió Sam apartando la mano para acabar con aquel tormento.

–¿Eso quiere decir que vendrás? –preguntó Ransom.

–Quiere decir que lo pensaré. Puedes esperar unos días, ¿no? –dijo ella, incapaz de entender a qué vendría tanta prisa. Sí, lo deseaba desesperadamente, pero la anticipación era un afrodisíaco muy poderoso.

–Por supuesto –contestó él recostándose en su asiento–. Por lo que recuerdo, merece la pena esperar por ti.

–Bien –dijo ella tomando el menú–. Estaba empezando a preguntarme si tendría que pagarme la cena.

–¿Pagar cómo? –preguntó Ransom.

–No tengo ni idea. ¿Cuál es la tarifa de una noche en el teatro y una cena?

–No me merezco eso, cariño.

–Tienes razón –dijo ella con un suspiro–. Lo siento, pero tenía que saberlo.

–Pues deberías haberlo sabido –contestó él con frialdad.

–¿Cómo iba a saberlo? No eres el mismo hombre que conocí hace seis años. Eres más duro. No puedo confiar en ti de la misma manera.

–Pues tú eres la única culpable de eso, Sam, cariño.

A Sam se le encogió el corazón al escuchar eso y se vio obligada a decir algo.

–Eso fue hace mucho tiempo. ¿Es que nunca vas a perdonarme?

–Te perdoné hace mucho tiempo, cuando me di cuenta de que no se puede cambiar la naturaleza humana. La culpa fue mía por esperar demasiado. No puedes darme lo que no tienes. Es tu pérdida, no la mía.

Al menos se sintió aliviada por el perdón. Sin embargo, no podía evitar sentirse dolida al darse cuenta de que él en ningún momento había dudado lo que ella le había dicho. De acuerdo, ella lo había disimulado muy bien, pero, si él la conocía tan bien como creía, entonces seguramente habría dudado en algún momento. Aunque en aquella época ella no había querido que tuviera dudas.

–Como tú has dicho, mi pérdida. ¿Podemos pedir ya? –preguntó ella cambiando de tema. Ransom levantó la mano y llamó al camarero.

El resto de la velada pasó deprisa, y Ransom la llevó a casa antes de medianoche. Aparcó el coche frente a su apartamento, apagó el motor y se giró para mirarla.

–Si te pidiera un café, ¿me invitarías a entrar?

–Ni a café ni a nada más –contestó Sam.

–Entonces supongo que tendré que conformarme con un beso –concluyó él y, antes de que ella pudiera contestar, Ransom estiró el brazo, le colocó la mano detrás del cuello y la besó. Sus besos eran tan adictivos como cualquier droga. Era evidente que uno sólo no sería suficiente, y siguieron besándose hasta que Ransom la empujó de vuelta a su asiento y colocó las manos en el volante–. Será mejor que te vayas antes de que pierda el control.

Sam se humedeció los labios con la lengua. Se sentía incapaz de hablar, así que simplemente abrió la puerta, salió del coche y cerró la puerta tras ella. En ese momento, la ventanilla eléctrica bajó.

–Te llamaré mañana –dijo Ransom desde el coche.

Ella asintió y dijo:

–Buenas noches –se apresuró hacia la puerta de entrada antes de hacer algo estúpido como invitarlo a subir. Cuando entró en su piso, no encendió las luces inmediatamente sino que se acercó a la ventana y se asomó. Ransom seguía aparcado fuera y se preguntó en qué estaría pensando.

Sus propios pensamientos eran caóticos en ese momento. Ransom la había sorprendido con su invitación de irse con él el fin de semana. No se lo esperaba porque implicaba mucha intimidad. Aunque, para ser sincera, estaba segura de que lo único que él quería era sexo. Seguramente vería el fin de semana como la manera perfecta de extinguir las llamas de la pasión que sentía hacia ella. Quería que acabara, mientras que ella…

Bueno, ella lo deseaba, por siempre, aunque eso no iba a ocurrir. Todo el amor era por parte de ella. No querían la misma cosa. Cualquier decisión que tomara, tendría que ser teniendo eso en mente.

El teléfono sonó y Sam dio un brinco. Miró el aparato y esperó a que dejara de sonar. Pero no paró, y finalmente se acercó a descolgar.

–¿Por qué no has encendido las luces? –preguntó la persona al otro lado de la línea.

–¿Ransom?

–¿Quién si no iba a llamar a estas horas de la noche?

–¿Sabes qué horas es? –preguntó Sam.

–Es más de medianoche, lo que significa que, técnicamente, ya es mañana. Te dije que te llamaría mañana –contestó él.

–Estás loco.

–Todavía no, pero lo estaré si no me sacas pronto de mi miseria. ¿Te has decidido ya?

–Cuando he dicho que necesitaba tiempo para pensar, me refería a más de un par de horas.

–Apiádate de mí, cariño. Tengo que estar en el juzgado por la mañana, y necesito dormir. Pero no podré dormirme sin saber cuál es tu respuesta.

–¡No estás jugando limpio, Ransom! –se quejó ella sin poner mucho énfasis en su queja.

–Te dije que no lo haría. ¿Me lo vas a decir?

Sam se sentó en el sofá y recogió las piernas.

–Debería hacerte esperar.

–Pero no vas a hacerlo –dijo él.

–No te lo mereces.

–Sigo esperando –añadió él riéndose.

Ella dudó por un momento, a pesar de haber estado pensando en lo que iba a hacer. Si accedía, estaba dando un paso hacia delante en el camino que llevaría a su separación, aunque eso iba a ocurrir tarde o temprano. Era una relación a corto plazo, así que tendría que sacarle el mayor partido.

Tomó aliento, cruzó los dedos y confió en que lo que iba a hacer no fuese el mayor error de su vida.

–De acuerdo, Ransom. Iré contigo –dijo.

–Gracias –contestó él tras un silencio–. Buenas noches, Sam –añadió, y colgó.

Sam colgó el auricular lentamente. Acababa de quemar todos sus puentes y ya no podía regresar. Sólo esperaba no arrepentirse.

Capítulo 8

HUBO momentos a lo largo de los días posteriores en los que Sam se preguntó si estaba siendo sensata. Cuando aparecieron las dudas, se recordó a sí misma que era afortunada por tener aquella segunda oportunidad.

No paraba de repetirse que todo saldría bien pero, cuando llegó el viernes, tenía los nervios a flor de piel. Le fue difícil concentrarse en el trabajo y, cuando llegó a casa, deseó no haber hecho la maleta por la mañana, porque de ese modo habría tenido algo que hacer aparte de dar vueltas de un lado a otro y morderse las uñas.

Sin embargo, cuando sonó el timbre horas después, sus nervios simplemente desaparecieron. Al ver a Ransom en la puerta, vestido con pantalón y camisa vaqueros y con una amplia sonrisa, todas las dudas se esfumaron.

–Tu carruaje te espera –dijo él, y Sam le entregó su maleta–. ¿Esto es todo?

–Sólo son dos días, pero he metido un buen libro por si acaso se me hace largo.

–¿Eso es un desafío, cariño?

Sam se aseguró de llevar su bolso y una chaqueta antes de cerrar la puerta.

–Si tú lo ves así.

Ransom la tomó del brazo y comenzaron a bajar las escaleras.

–Confía en mí –dijo él–. No leerás ni una palabra.
–Ya veremos –contestó Sam riéndose.

La casa de campo estaba a oscuras cuando llegaron finalmente aquella noche. Habían tardado más de lo previsto debido al tráfico. Cuando Sam bajó del coche, se sorprendió al oír un riachuelo cercano.

Estando allí, la seguridad que tenía en sí misma comenzó a desvanecerse. Comenzó a sentirse extraña, porque sólo habían ido allí por una razón, y no estaba segura de cómo deberían proceder. Una cosa era decidir pasar el fin de semana juntos, pero no era cuestión de entrar y meterse en la cama para pasar todo el tiempo allí.

Se le contrajo el estómago al ver a Ransom recorrer el pequeño camino que conducía a la puerta. La abrió con la llave y encendió la luz. Inmediatamente la luz se hizo, y lo que a Sam le habían parecido simples muros de piedra se convirtió en una agradable casa de campo. Ransom desapareció dentro, ella tomó aliento y lo siguió, apareciendo en una enorme habitación con una chimenea de piedra en una de las paredes y muebles muy confortables.

Ransom reapareció por una puerta que había a la izquierda.

–La cocina está por aquí. Simon contrata a alguien del pueblo para que mantenga limpia la casa y para que llene el frigorífico cada vez que vaya a venir alguien de visita. No nos moriremos de hambre, eso seguro. He puesto a calentar agua. ¿Tienes hambre?

–Podría preparar sándwiches –contestó ella al darse cuenta de que estaba hambrienta–. ¿Prefieres té o café?

–Té, por favor. El café sólo me mantendría despierto. Mientras tú lo preparas, sacaré las maletas del coche y las llevaré al dormitorio. Por cierto, por si acaso lo necesitas, las escaleras que llevan al dormitorio y al baño están por esa puerta.

–¿Qué? ¿No habrá paseos nocturnos al jardín? –bromeó ella.

–Acabarías en el arroyo si lo intentaras. Este lugar tiene todas las comodidades, así que no necesitarás tener a mano una linterna –dijo Ransom, y volvió a salir fuera.

Sam entró en la cocina, también enorme. Junto al frigorífico había una antigua cocina de hierro que no tenía ni idea de cómo utilizar. Por suerte no la necesitaba para los sándwiches y comenzó a recolectar todo lo que necesitaba, descubriendo por ensayo y error dónde se guardaba la cubertería y la porcelana. Mientras tarareaba suavemente, comenzó a preparar los sándwiches.

Se detuvo con el cuchillo en la mano y miró hacia arriba al escuchar pisadas en las escaleras. Sería Ransom entrando al dormitorio. Un dormitorio que tendría que compartir con él más tarde. La idea la ponía de los nervios y no sabía por qué, ya que no se trataba de algo nuevo para ella. Habían compartido una cama en innumerables ocasiones.

Sacudiendo la cabeza, regresó a su tarea. Cuando terminó los sándwiches y el té, los llevó en una bandeja a la otra habitación y descubrió que Ransom había bajado del dormitorio y estaba sentado en el sofá. La puerta delantera estaba cerrada y las cortinas echadas, encerrándolos en un pequeño mundo donde sólo ellos dos existían. Él se levantó y le quitó la bandeja de las manos, dejándola después sobre la mesa del café. Luego le hizo gestos a Sam para que se sentara a su lado y ella vaciló un instante.

–Estoy demasiado cansado para abalanzarme sobre ti, Sam. Por el momento estás a salvo –dijo, y ella sentó a su lado.

–No esperaba que saltaras sobre mí –contestó Sam mientras le alcanzaba los sándwiches.

–Algo te ha asustado. ¿Es que me he convertido en un monstruo en los últimos seis años?

–Por supuesto que no. ¡No podrías ser un monstruo ni aunque lo intentaras! –contestó ella, haciéndolo sonreír.

–Me alegra escuchar eso, aunque no esperaba una respuesta tan apasionada.

Ella se encogió de hombros para mostrar su indiferencia, aunque sabía que nunca podría ser indiferente con él.

–La verdad es la verdad.

–Oh, sí, la verdad –musitó él pensativo–. Dicen que la verdad te hace libre aunque, en mi profesión, a veces la verdad lleva a la gente a la cárcel. ¿Te das cuenta de que en nuestra vida diaria albergamos la esperanza de que la gente sea sincera cuando, a veces, una mentira piadosa es mejor que la verdad? Por ejemplo, ¿tú siempre dices la verdad?

Sam se puso tensa al no esperar aquella pregunta, bastante incómoda en su caso. Quiso ignorarlo, pero supo que no podría pasar sin decir nada.

–Hago todo lo posible –dijo finalmente.

–¿Pero estarías preparada para mentir?

–Si las circunstancias lo exigiesen –admitió Sam.

–¿De verdad? –murmuró Ransom–. Me interesaría saber cuáles serían esas circunstancias.

–¿Por qué me da la impresión de que me estás sometiendo al tercer grado? –preguntó ella.

–No hay por qué ponerse a la defensiva. Era una pregunta inocente.

–Entonces no necesitarás una respuesta –contestó ella, y entonces tuvo una idea–. Te propongo una cosa. ¿Por qué no me dices tú en qué circunstancias crees que mentiría?

–De acuerdo –convino él, aceptando el desafío. La miró fijamente durante algún tiempo antes de hablar–. Sobre todo creo que mentirías para proteger a alguien de cualquier cosa que pudiera herirlo.

Sam se sintió poco aliviada al escuchar aquello. Era casi como si Ransom supiera lo que había ocurrido hacía seis años. Pero no podía saberlo. Ella se había asegurado de eso.

–Estoy de acuerdo en que no dejaría que alguien que me importa sufriera si yo pudiera evitarlo, pero eso no es nada raro –contestó ella–. Quiero decir que debe de haber cientos de personas que harían lo mismo.

–Miles, probablemente –convino Ransom mientras dejaba sobre la mesa su plato vacío y alcanzaba la taza de té–. Como dato de interés, ¿por cuánta gente que te importa has mentido?

Sam se quedó de piedra, dándose cuenta de que había entrado en un campo de minas y no sabía por dónde caminar.

–Nunca he dicho que haya mentido. Estábamos teniendo una conversación hipotética –contestó Sam con demasiada rapidez.

–Cierto –añadió Ransom con una leve sonrisa, y Sam decidió que ya había tenido suficiente, así que cambió las tornas.

–¿Y qué pasa contigo? –preguntó–. ¿Siempre dices la verdad?

–Lo intento, como tú.

–¿Pero mentirías si tuvieras que hacerlo?

–A veces no hay otra salida –admitió él–. Como parece que tú misma sabes.

Sam se terminó el sándwich y alcanzó su taza de té.

–Eso forma parte del pasado, y no pienso revivirlo para tu entretenimiento –dijo ella.

Riéndose, Ransom dejó su taza vacía en la mesa y se acomodó en el sofá para poder observarla mejor.

–¿Sería entretenido? –preguntó él.

–Eso nunca lo sabremos, ¿verdad?

–¡Desde luego, eres cabezona! –exclamó Ransom.

–Supongo que tú me llamarías una testigo hostil –contestó ella.

–En estos momentos, las únicas palabras que me vienen a la cabeza son «tentación absoluta» –contestó él con una mirada maliciosa.

Al instante la atmósfera en la habitación cambió. El aire parecía cargado de electricidad. A Sam se le quedó la boca seca y el corazón comenzó a palpitarle con fuerza. No se le ocurría nada que decir, lo cual sorprendió a Ransom.

–No te sorprendas tanto, Sam, cariño. Puede que esté cansado, pero mis sentidos funcionan igualmente.

–No me sorprendo –contestó ella mientras volvía a colocar los platos y las tazas en la bandeja.

–Pero estás incómoda –continuó él.

Claro que estaba incómoda. No sabía cómo iba a resultar todo aquello. La primera vez todo había ido bien porque habían estado enamorados. Pero las cosas habían cambiado.

Por esa razón Sam se levantó y se dirigió a la cocina con la bandeja sin mirar atrás. Cuando llegó a la cocina, dejó la bandeja sobre la mesa y se sintió como una tonta. Probablemente él pensaría lo mismo de ella. El problema era que ella sentía todas las cosas que no había sentido la primera vez. Ésa habría sido la ocasión para sentirse nerviosa e insegura.

Con un gemido de desesperación, llevó los platos al fregadero y abrió el grifo del agua caliente, añadiendo un chorro de jabón. Tan concentrada estaba en lo que hacía, que no oyó a Ransom entrar en la habitación. La primera señal que tuvo de su presencia fue cuando él le rodeó la cintura con los brazos y tiró de ella hacia atrás. Sam se puso tensa pero, con las manos en el agua, no había nada que pudiera hacer.

–Relájate –le susurró él al oído. Después le rozó el cuello con los labios y Sam cerró los ojos, dejando caer lentamente la cabeza.

–¿Qué estás haciendo? –preguntó al sentir cómo su boca alcanzaba su mandíbula.

–Tranquilizándote –contestó Ransom–. Es agradable, ¿verdad? –añadió mientras deslizaba una mano por debajo de su camiseta para acariciarle la piel.

–Sí –admitió ella con un suspiro, deslizándole una mano por el pelo.

–Entonces no hay nada por lo que debas sentirte incómoda, ¿verdad? –murmuró él mientras con la mano alcanzaba uno de sus pechos, jugueteando con el pezón entre sus dedos.

Sam ya no pudo recordar sus preocupaciones. Su tacto seguía siendo el mismo, al igual que su reacción ante él. Ya nada importaba. Pensaría en el futuro mañana. Fue como si le quitaran un peso de encima finalmente. Sam se giró entre sus brazos y le rodeó el cuello con los suyos, levantando la cabeza para mirarlo a los ojos.

–Siento haberme comportado como una idiota. No sé lo que me ha pasado –dijo ella mordisqueándole la barbilla con los dientes.

Ransom le rodeó la cabeza con las manos y la besó con una pasión absoluta. Lo único que ella pudo hacer fue responder a sus besos. Cuando finalmente él apartó la cabeza, ambos estaban sin aliento.

–Los fantasmas del pasado nos persiguen a los dos, Sam. Con suerte podremos librarnos de ellos para siempre este fin de semana –dijo él–. Tenemos que seguir para delante.

A Sam se le contrajo el corazón. Para llegar a un nuevo comienzo, tenía que haber un final, y entonces supo que eso era lo que Ransom pretendía con aquel fin de semana. Pero no le importaba, porque ese tiempo juntos era más de lo que hubiera esperado, aunque nunca pudiera ser suficiente.

–Estoy dispuesta a seguir adelante.

–Bien –convino él con una sonrisa, y la soltó–. Ahora, ¿por qué no termino yo de fregar mientras tú te vas preparando para irte a la cama?

–De acuerdo –añadió ella, y dejó la cocina para encarar las escaleras con el corazón contraído. Agarró su camisón de seda roja y se dirigió hacia el baño sintiéndose casi mareada.

En la enorme bañera había una ducha, y la utilizó en vez de bañarse porque era muy tarde. Se secó, se puso el camisón y regresó al dormitorio. Ransom no había subido todavía. Él había dejado la luz de la habitación encendida, pero Sam la apagó y dejó encendida una pequeña lamparita junto a la cama. Satisfecha con la nueva atmósfera, Sam se metió en la cama en el momento en que las escaleras comenzaron a crujir, anunciando la llegada de Ransom. Pero no entró directamente en la habitación, sino que fue al cuarto de baño. Sam oyó el sonido de la ducha y luego el silencio. Finalmente se apagó la luz y Ransom entró en la habitación llevando toda su ropa colgada del brazo y con una toalla anudada a la cintura.

Dejó la ropa en una silla cercana y se quitó la toalla antes de meterse con ella en la cama. Sam sintió cómo el corazón comenzaba a latirle con fuerza al tiempo que Ransom se tumbaba y se apoyaba sobre un codo para mirarla. Ella sintió la emoción en la garganta y tuvo ganas de llorar, porque lo amaba desesperadamente y nunca había imaginado que pudieran volver a estar así los dos. Trató de hablar pero no le salían las palabras. Antes de que siguiera intentándolo, Ransom le colocó un dedo sobre los labios.

–Es tarde y los dos estamos cansados. Duérmete, Sam. Siempre nos quedará mañana –dijo él suavemente antes de besarla. Luego se estiró para apagar la luz. Cuando la habitación quedó a oscuras, Sam escuchó cómo Ransom se tumbaba y se ponía cómodo.

Ella se quedó mirando al techo sin saber bien si se sentía decepcionada o conforme. Era raro que, después de haberla instado a subir y a esperarlo, luego no se hubiera aprovechado de la situación. Tras un rato tuvo que admitirse a sí misma que Ransom tenía razón. Estaba cansada y siempre les quedaría mañana, así que se puso cómoda y cerró los ojos. A los pocos minutos se quedó dormida.

Horas más tarde, Sam se desperezó y quedó cegada por la luz del sol, que entraba a través de las cortinas. Trató de apartarse de la luz, pero pronto sintió el cuerpo detrás de ella. Cuando levantó la mirada, se encontró con aquellos ojos grises observándola.

–Ya era hora de que te despertaras –dijo Ransom.

Sam se dio cuenta de que le estaba acariciando el muslo con la mano y sintió el deseo crecer en su cuerpo.

–¿Qué hora es?

–Es la hora de los besos –contestó él, y le dio un beso en su hombro desnudo.

Sam cerró los ojos para disfrutar de esa sensación y se giró sobre su espalda. Entonces, la mano que reposaba sobre su muslo se deslizó hacia la otra pierna y por debajo de su camisón. Ella levantó la mano para acariciarle la mejilla y dijo:

–¿Qué te detenía?

–El hecho de que estuvieras dormida. Prefiero que la mujer con la que estoy tome parte activa en el juego –contestó Ransom con una sonrisa.

–Ya estoy despierta.

La pasión fue visible en los ojos de Ransom mientras con la mano llegaba hasta su pecho, utilizando el pulgar para endurecerle uno de los pezones.

–Desde luego que lo estás –añadió Ransom.

–Ransom –gimió Sam mientras se arqueaba bajo su tacto. Y, de pronto, ninguno de los dos sonreía.

–Lo sé –respondió él. Se sentó y apartó las sábanas, buscando con la mano el borde de su camisón. Segundos más tarde Sam estaba desnuda y él la contemplaba con admiración–. Qué maravilla –añadió mientras deslizaba la mano desde su muslo hasta su garganta–. Llevo mucho tiempo esperando esto –concluyó mientras se tumbaba a su lado.

Sam lo rodeó con sus brazos, permitiendo que sus manos redescubrieran la amplitud de sus hombros.

–La espera ha acabado –dijo ella con un susurro–. Estoy aquí y soy toda tuya.

–Ésa es una oferta que ningún hombre podría rechazar.

Fue un beso que comenzó con una pequeña chispa y que se transformó en un potente fuego de pasión. Sam gimió al sentir su lengua en la boca, comenzando a saborearla con ansia.

Ransom finalmente abandonó su boca, deslizando la suya hasta su cuello y más abajo, hasta llegar a su pecho y utilizar la lengua para estimular uno de sus pezones. Sam se arqueó y gimió de placer, y volvió a gemir cuando él comenzó a mordisquearle el pezón suavemente. Cuando pensaba que ya no podía aguantar más, Ransom centró la atención en el otro pecho y Sam sintió que iba a morirse del placer.

Era sumamente placentero recibir todas las atenciones. Sin embargo, Sam nunca había sido una amante pasiva. Tenía que dar además de recibir así que, cuando él finalmente acabó con la exquisita tortura, Sam lo agarró del pelo y le levantó la cabeza.

–Es mi turno –dijo ella, y Ransom dejó que lo tumbara boca arriba, cerrando los ojos mientras ella exploraba su cuerpo con las manos y los labios. Entonces fue él quien gimió, cuando Sam comenzó a mordisquearle los pezones con los dientes. Y cuando su mano encontró su erección y la acarició con decisión, él se estremeció y maldijo en voz baja tratando de mantener el control.

–¿Te he hecho daño? –preguntó ella con una sonrisa de satisfacción.

–¡Dios! Si quieres que esto dure, no vuelvas a hacer eso –gimió él.

–De acuerdo –convino ella, y lo soltó. Pero entonces se puso de rodillas, a horcajadas sobre sus caderas, y se deslizó hacia abajo haciendo que la penetrara. Ransom gimió de placer y le agarró las caderas con las manos–. ¿Así está mejor? –añadió Sam mientras comenzaba a moverse arriba y abajo.

–¡Había olvidado lo perversa que podías ser, Samantha! Me encanta –exclamó él y, con un movimiento rápido, la colocó bajo su cuerpo–. Pero así está mejor.

–Mmm, mucho mejor –dijo Sam enroscando las piernas a su alrededor.

Ransom comenzó a moverse y ella apretó los dedos contra sus hombros. Al principio sus movimientos eran controlados, excitándolos a los dos. Pero la pasión fue tan fuerte que él no pudo evitar gemir y moverse cada vez más rápido y con más fuerza.

Sam sentía cómo Ransom perdía el control, pero no quería que parase. Con gemidos de placer fue adaptándose a su ritmo. Finalmente él perdió la batalla y Sam se aferró a su cuerpo mientras se acercaba al clímax. Finalmente los dos se embarcaron en una montaña rusa de sensaciones y sacudidas que los llevó hasta las más altas cotas del placer.

Los dos quedaron exhaustos. Sam sentía los ojos húmedos de la emoción. Aquello era perfecto, y sólo había conseguido sentirse así con Ransom, porque lo amaba. Quería aferrarse a ese recuerdo, pero sintió cómo el sueño se apoderaba de ella. Cuando Ransom se giró sobre su espalda, ella lo siguió y se acurrucó contra su cuerpo, dejando una pierna sobre la suya y un brazo sobre su pecho. Quería hablar, decirle lo feliz que era, pero no hubo tiempo.

Por segunda vez, quedó profundamente dormida.

Capítulo 9

CUANDO Sam se despertó, estaba sola en la cama. Claro que eso no la inquietó en absoluto, porque pudo oír sonidos en el piso de abajo. Se estiró en la cama y suspiró relajada. Sonrió al pensar en lo feliz que era estando a su lado.

–Me pregunto qué será lo que te hace tan feliz –dijo Ransom desde la puerta.

–Estaba pensando –contestó ella levantando la cabeza. Observó que Ransom iba vestido sólo con unos pantalones vaqueros cortos, y supo que no podía haber imagen más sexy en ese momento.

–Ya lo supongo –añadió él mientras entraba en la habitación–. ¿En qué estabas pensando?

–Ven aquí y te lo diré –dijo ella riéndose y estirando los brazos hacia él.

–No, no. Creo que mejor me quedaré aquí. Me da miedo esa mirada tuya.

–¡Cobarde!

–Sólo juego sobre seguro –dijo él con una sonrisa–. Si fuera a la cama, quién sabe cuándo saldría, y tengo algo en la cocina. No queremos que se nos queme la casa.

–Con un fuego de verdad no, desde luego –contestó Sam.

–Las cosas se han puesto muy calientes, ¿verdad? –dijo él.

–Oh, sí.

–Eres muy tentadora tumbada ahí, y yo no soy de

piedra. Me voy mientras pueda. El almuerzo estará listo en unos diez minutos, así que ponte en marcha, cariño –ordenó Ransom, y desapareció tras la puerta.

Diez minutos después, Sam bajó a la cocina tras haberse duchado, vestida con unos pantalones cortos, una camiseta de tirantes y unas sandalias. Ransom había preparado un desayuno inglés completo y Sam se moría de ganas de probarlo.

–¿Qué pasa con mi figura? –preguntó ella mientras se sentaba a la mesa.

Ransom dejó los platos en la mesa y se sentó antes de decir:

–Confía en mí. No tienes que preocuparte por tu figura. Ahora come, Samantha. Después iremos a dar un paseo y volverás a quemarlo todo.

Sam comenzó a disfrutar de la comida pero sentía un ligero dolor en el corazón. Ransom la había llamado Samantha en varias ocasiones, y siempre solía utilizar su nombre completo en el pasado. El hecho de que lo utilizase en la actualidad no era más que una reminiscencia de aquello, pero a ella le recordaba cómo había sido todo entonces.

Más tarde fueron a explorar. Ransom parecía conocerse las rutas de alrededor y ella se sintió cómoda de caminar a su lado por uno de los caminos que ascendía la colina siguiendo el curso del riachuelo. Hacía una tarde gloriosa, y corría una leve brisa lo suficientemente fresca para que no se acaloraran mientras ascendían. Cuando llegaron a la cima, apareció ante ellos una maravillosa vista, y Ransom le señaló algunos de los puntos importantes.

–Estamos rodeados de colinas. Las Malverns y las montañas negras de Gales están al oeste y las Chilterns al este. Luego tenemos el bosque de Dean, el de Wyre y el de Arden a poca distancia. Ésta es una parte muy bonita del mundo, Sam.

–¿Algún día te retirarás a vivir a esta zona? –preguntó ella mientras se sentaba sobre una roca–. Siempre pensé que acabarías cerca del mar.

Ransom se sentó a su lado y dijo:

–El río Severn y el canal de Bristol están a poca distancia, así que no estaría tan lejos. Espero convencer a Simon de que me venda la casa, pero se resiste.

–¿Entonces vienes aquí con frecuencia?

–Cada vez que necesito paz y tranquilidad para pensar –contestó él–. La primera vez que vine fue hace seis años, y la última vez fue hace unos días.

–Pensé que te habías quedado en Londres.

–Al principio sí, pero es imposible pensar en la ciudad, así que vine aquí. Así fue como empecé a ver las cosas con claridad y a hacerme a la idea de lo que había ocurrido, entonces y ahora.

–Entiendo –dijo Sam sintiéndose incómoda. Nunca había sido capaz de librarse por completo de la culpa por lo que había hecho–. Desde luego, no podía haber elegido un lugar más apacible. Me alegra que te ayudara.

–Me hizo racionalizar –dijo él con una sonrisa–. Cuando lo conseguí, muchas cosas estuvieron claras. Pero una cosa no cambió. Aún seguía queriendo estrangularte.

–Lo siento –se disculpó ella con un suspiro.

–¿Por qué exactamente?

–Por todo. Por engañarte.

–Engañarme –repitió él–. Tiene gracia. Eso me recuerda a los trucos de magia. Lo curioso es que de pequeño siempre pillaba el truco. Con eso quiero demostrarte lo que son capaces de hacer las emociones.

–Creo que no te comprendo –dijo Sam frunciendo el ceño.

–Ya lo imagino, pero no dejes que eso te preocupe –contestó él apoyando la espalda en la roca. La agarró del brazo e hizo que se tumbara, reposando la cabeza sobre su regazo y mirando hacia arriba. Después le acarició los labios con el dedo.

–¿Qué te hizo volver? ¿Por qué no te quedaste en Italia? –preguntó Ransom.

¡Como si hubiera alguna duda! Lo echaba de menos y, quizá en lo más profundo de su mente, él la había arrastrado hasta allí porque era en Inglaterra donde estaba. Pero no podía decirle nada de eso.

–Echaba de menos las patatas fritas. En el extranjero sólo tienen patatas de las otras –dijo ella.

–¿Entonces le debemos tu regreso a las tiendas de *fish and chips* de la vieja Inglaterra?

–A eso y a algunas otras cosas –contestó ella con una sonrisa–. Es una lista demasiado larga como para aburrirte con ella.

–Si hay algo que recuerdo de ti, cariño, es que nunca fuiste aburrida –dijo Ransom, y desvió la mirada hacia su boca–. Intoxicante, excitante, quizá. Ésas son palabras que te describen mejor –añadió mientras la besaba.

–¿Estás intentando seducirme? –preguntó ella

–No creas que no me he dado cuenta de que estamos aquí los dos solos, con todo el tiempo para nosotros. Un poco de seducción no vendría mal. ¿Qué tal lo estoy haciendo? –preguntó mientras deslizaba la mano desde su cara hasta uno de sus pechos.

–Lo estás haciendo muy bien –contestó Sam sintiendo cómo el pulso se le aceleraba.

–¿No crees que después de seis años, a lo mejor, he perdido práctica?

–Nada de eso –negó ella rápidamente–. ¿Vas a seguir hablando o me vas a besar de nuevo?

–Todo lo bueno se hace esperar –contestó él con una sonrisa.

–¡Ransom!

–¿Sí, Sam?

–Eres un granuja, ¿lo sabes?

–Me han acusado de muchas cosas durante los años –dijo él encogiéndose de hombros.

–Pues, si no quieres que te acuse de ser un bromista malísimo, será mejor que me beses –dijo ella agarrándole la camiseta para atraer su cabeza.

–¡Eh! No hay necesidad de ser... –comenzó Ransom, pero no tuvo tiempo de terminar porque Sam levantó la cabeza y lo besó.

Hablar se convirtió de pronto en algo innecesario. Lo único que necesitaban en ese momento era tocarse. El final de un beso se juntaba con el principio del siguiente, haciendo que la pasión aumentara y el deseo fuese cada vez mayor, hasta que la necesidad de oxígeno los hizo separarse.

Ransom apartó la boca y mantuvo la frente apoyada en la de ella mientras los dos respiraban entrecortadamente. Sam gimió y cerró los ojos tratando de normalizar su respiración. Sólo quería hacer el amor con él y sabía que él quería lo mismo.

–Será mejor que paremos antes de que prendamos fuego al lugar. Lleva tiempo sin llover por aquí –bromeó él.

–Yo me arriesgo si tú te arriesgas –dijo ella deslizando las manos bajo su camiseta, a lo largo de su espalda.

–Es una oferta muy tentadora, pero tenemos que ser sensatos –contestó él–. Además, tengo una idea mucho mejor.

–¿De verdad?

–¿Has visto el tamaño de la bañera?

Al instante montones de imágenes eróticas cruzaron su mente.

–Es grande –contestó Sam.

–Desde luego que lo es, y los dos estaremos acalorados y llenos de polvo cuando lleguemos a la casa.

–Me gusta cómo funciona su mente, señor Shaw –convino ella incorporándose.

–Eso pensaba –añadió Ransom mientras se ponía en pie y le ofrecía la mano para ayudarla a levantarse. Sam imaginó que se la soltaría después, pero no lo hizo. La mantuvo agarrada mientras descendían por la colina.

–¿Por qué no regresamos por el mismo camino? –preguntó ella.

–Porque, aunque esta ruta es más larga, es menos cansada. No queremos estar demasiado exhaustos para poder disfrutar de nuestros cuerpos, ¿verdad?

–Tienes respuesta para todo, ¿eh? –contestó ella.

Algo extraño cruzó el rostro de Ransom, pero desapareció al instante.

–La tengo, y ya es hora de que te des cuenta. Pero ya sabes lo que dicen. Más vale tarde que nunca –contestó él.

Sam no supo cómo interpretar eso. Le sonaba como una crítica, pero no tenía ni idea de cómo aplicársela. Meditó sobre ello durante un momento, hasta que llegaron a una zona inclinada y se concentró en pasarla sin caerse.

Horas después, Sam estaba en la bañera y suspiraba satisfecha. Hacer el amor en una bañera inmensa había sido una experiencia que no olvidaría con facilidad. Habían provocado una tormenta, en más de un sentido, y ella había tenido que poner toallas por todo el suelo para que absorbieran el agua desbordada.

–Mis dedos parecen pasas –dijo al sacar las manos del agua.

–Déjame ver –dijo Ransom desde detrás, estirando la mano para agarrarla de la muñeca–. Mmm, quizá hayamos estado demasiado tiempo aquí.

–Probablemente –añadió ella–. El tiempo era lo último que tenía en la cabeza.

–Me pregunto por qué –dijo Ransom mientras deslizaba su otra mano por las curvas de su cuerpo.

Sam se la agarró antes de que fuera más lejos y dijo:

–Yo no haría eso a no ser que estés preparado para asumir las consecuencias.

–¿Qué consecuencias?

–Bueno –contestó ella con una sonrisa–. Ya se me ocurrirá algo apropiado.

–Estoy convencido de ello, Sam, cariño. De hecho, cuento con ello –dijo él mientras le mordisqueaba el lóbulo de la oreja.

–No creo que debas precipitarte, Ransom. ¡Al fin y al cabo, ya no eres tan joven como antes! –exclamó ella con una risotada.

–Parece que estés poniendo en duda mi virilidad. No es algo muy sensato por tu parte. Puede que decida demostrarte lo equivocada que estás.

–Promesas, promesas.

–Yo no seguiría provocándome, Samantha. Lo único que me detiene es la idea de poder echar más agua al suelo.

–¿Crees que se estropeará? –preguntó ella ligeramente preocupada.

–Bueno, quizá estaríamos más cómodos en el dormitorio. Quita el tapón, Sam.

Ella se incorporó y agarró la cadena mientras Ransom se levantaba. Había dos albornoces colgados en la puerta, él se puso uno y le entregó el otro a Sam cuando salió de la bañera. Entonces la levantó en brazos y la llevó al dormitorio. Estaba a punto de dejarla sobre la cama cuando el estómago de Sam emitió un rugido.

–No hemos comido nada desde el almuerzo –dijo ella.

–Supongo que tienes hambre.

–Te recompensaré por ello –prometió ella poniendo cara de inocente.

Ransom se rió y la dejó caer sobre la cama, donde rebotó una vez antes de recuperar el equilibrio.

–¡Eh! –exclamó Sam, pero Ransom simplemente sonrió y abandonó la habitación.

Ella se quedó tumbada en la cama con una sonrisa y escuchó a Ransom en la cocina. Poco después volvió a subir, llevando consigo una bandeja que dejó sobre la cama antes de sentarse a su lado.

–Queso, galletas, tomates, pollo frío y una botella de Chardonnay –señaló él, y le entregó una copa de vino.

–Mmm, está delicioso –declaró ella tras dar un sorbo, y tomó un pedazo de pollo, saboreándolo con placer.

Cuando tuvieron el estómago lleno, Ransom rellenó las copas, colocó la bandeja a los pies de la cama, se estiró cómodamente y colocó a Sam a su lado.

Ella reposó la cabeza sobre su hombro y pudo escuchar el fuerte latido de su corazón. Siempre la había hecho sentirse segura, como si nada pudiera herirla. Y, sin embargo, cuando había sentido el dolor, no había sido por él, pero no por su culpa.

–Podría quedarme así para siempre –suspiró Sam.

–Sé lo que quieres decir –respondió Ransom–. Por desgracia, tengo que estar en el juzgado el lunes.

–No quiero pensar en el lunes ni en el trabajo –protestó ella, aunque en lo que realmente no quería pensar era en que su tiempo juntos se acababa.

–De acuerdo, hablemos de otra cosa –dijo él dejando la copa en una de las mesillas y tomando a Sam entre sus brazos–. Háblame de tu familia.

–¿Mi familia? –dijo ella. Era lo último que esperaba que preguntara. ¿Para qué quería saber nada sobre su familia? Probablemente nunca llegara a conocer a ninguno de sus miembros.

–Sí. Una vez me dijiste que tenías una gran familia. ¿Cuántos sois?

–Para ser sincera, no somos tantos en mi familia en

particular –contestó ella con una sonrisa–. Están mis padres. Como sabes, mi padre es medio italiano. Así que todos tenemos herencia italiana. Lo que hace que seamos muy apasionados.

–Suena interesante.

–Créeme, no hay un solo momento en el que no ocurra algo. Pero nos mantiene unidos. Incluso las peleas, cuando acaban, hacen que el vínculo sea mayor. Tengo dos hermanos y dos hermanas.

–¿Todos casados? –preguntó Ransom.

–Tony es el único que nunca ha estado casado –aclaró ella–. Yo soy la mayor.

–¿Es duro?

–Supongo que no más que en cualquier familia. Yo fui como una madre extra para mis hermanos y hermanas, pero nunca me importó, las cosas son así –contestó ella.

–Te tomas tu responsabilidad para con tu familia muy en serio, ¿no?

–¡Por supuesto! ¡Somos una familia!

–Parece como si todos estuvierais dispuestos a hacer cualquier cosa por los demás si estuvieran en apuros –añadió Ransom.

–Sin dudarlo. No lo pensaríamos ni un minuto. Aunque no es que ocurra muy a menudo.

–Debe de ser imposible quedarse sentado viendo cómo un miembro de la familia tiene problemas y no hacer nada.

Sam se incorporó y lo miró.

–Sí que lo es. Pero si tienes los medios para ayudar, pues ayudas. ¡No hay que dudarlo! –declaró fervientemente, agitando la copa.

–Pareces una leona defendiendo a sus cachorros –dijo él con una sonrisa mientras le quitaba la copa de la mano.

–No hay nada de malo en eso –señaló ella–. Cuando

la gente que me importa tiene problemas, hago lo que esté en mi mano por ayudarlos.

–Una idea muy noble, Sam, cariño, ¿pero quién cuida de ti?

–Yo puedo cuidar de mí misma, así que eso no importa.

–¿De verdad? ¿No crees que puede que haya alguien que considere eso importante? –preguntó él, haciéndole fruncir el ceño.

–¿Por qué?

–Quizá porque se sientan como tú –contestó él.

–Nunca había pensado en eso –confesó Sam.

–No. Claro que no –dijo Ransom negando con la cabeza–. Tu corazón está en el lugar apropiado, Sam, pero a veces tus argumentos no son válidos.

–En eso no estoy de acuerdo.

–Pues no lo estés, pero la verdad es la verdad. En cualquier caso, no hagamos un mundo de ello. Háblame de tu vida en Italia.

Sam lo miró y sintió cómo todas las alarmas de su cabeza se ponían en funcionamiento. De pronto estaba de vuelta en ese campo de minas. Italia y las razones de su estancia allí no eran cosas de las que se pudiera hablar abiertamente.

–No hay nada de qué hablar –dijo ella.

–¿Acaso he sonado como si estuviera en un juicio?

–Un poco.

Ransom se incorporó y le tomó la barbilla.

–Lo siento. Sin embargo, me has hecho ver cómo funciona tu cabeza. Te meterías en una batalla en un abrir y cerrar de ojos, ¿verdad?

–No me meto en problemas por cualquiera –señaló ella.

–No te preocupes. Me hago a la idea –afirmó Ransom–. Sólo corres el riesgo por aquellos que te importan.

Lo que significa que yo no recibiré ese trato. Teniendo en cuenta que nuestra relación es puramente física.

Sam sintió un nudo en la garganta y un vuelco en el estómago.

–Eso es –mintió sin parpadear–. Aunque te llevaría al hospital si estuvieras herido.

–Eso me tranquiliza –añadió él con una sonrisa.

–Haría lo mismo por un perro callejero –dijo ella devolviéndole la sonrisa, apartándole la mano de la barbilla y sosteniéndola con la palma hacia arriba–. Su supiera leer la mano, podría decirte si la tu línea vital es larga.

–No tengo intención de morirme todavía –contestó él con ironía.

–Mejor, porque tengo planes.

–¿Planes?

–Sí. No quiero seguir hablando de mí. Quiero concentrarme en ti –dijo ella, y salió de la cama para agarrar la bandeja y dejarla en el suelo, junto a la puerta.

–¿Necesitas ayuda? –preguntó Ransom.

Sam regresó a la cama, sentándose de rodillas junto a él, y dijo:

–Puedo arreglármelas. Lo único que tienes que hacer es tumbarte y relajarte –lo empujó hasta que Ransom acabó tumbado boca arriba. Sam comenzó a desatarle el cinturón del albornoz lentamente.

–Pude que no sea capaz de relajarme –dijo él mientras Sam apartaba los bordes del albornoz.

–Vaya –dijo ella con una sonrisa maliciosa–. Veo que te has adelantado a mí –añadió mientras deslizaba los dedos desde su cuello hasta su estómago.

–Se llama anticipación –dijo Ransom cubriéndose los ojos con el brazo, y gimió cuando ella comenzó a acariciarlo suavemente.

Sam sentía cómo su propio cuerpo se derretía al verlo allí tumbado a su merced. Rápidamente se quitó el albornoz y lo tiró al suelo. Entonces se inclinó sobre él, recorriendo su pecho con los dedos y los labios, jugueteando con sus pezones hasta hacerlo gemir. Luego se deslizó más abajo, hacia el objetivo final.

Pero no lo alcanzó. Ransom la agarró suavemente del pelo e hizo que ella levantara la cabeza.

–Es mi turno –dijo él, tumbándola boca arriba.

Comenzó con sus pechos. Cuando hundió la boca en uno de sus pezones, Sam se retorció y gimió, agarrando la sábana con los dedos y arqueando el cuerpo hacia arriba. Maliciosamente, Ransom se tomó su tiempo y luego se centró en el otro pezón. La llevó al borde de la locura y, finalmente, se apartó y Sam cerró los ojos, escuchando su corazón y sintiendo la boca de Ransom recorrer su tripa y bajar más aún. Finalmente él deslizó la mano entre sus muslos y Sam gritó de placer. La acarició suavemente con los dedos y luego agachó la cabeza, utilizando los labios y la lengua para hacerle llegar al clímax.

Cuando recuperó el ritmo normal de su respiración, vio que él se había colocado encima.

–¿Era eso lo que tenías en mente? –preguntó Ransom.

–Nunca lo sabrás –respondió ella, y aguantó la respiración mientras él la penetraba con un movimiento lento y firme.

Ransom comenzó a moverse muy lentamente y Sam notó cómo su cuerpo volvía a reaccionar ante el estímulo. La conocía demasiado bien. Sabía lo que necesitaba. Ella comenzó a moverse a su ritmo entrando en una espiral de sensaciones indescriptibles. Poco a poco la velocidad aumentó y, aunque trató de mantenerlo, Ransom perdió el control y Sam se dejó llevar hasta que ambos alcanzaron el clímax.

Cuando sus cuerpos cayeron rendidos en la cama, Sam se acurrucó a su lado y suspiró. Él la abrazó y se quedó mirando al techo. Tenía sueño, pero también tenía mucho en lo que pensar aquella noche.

Capítulo 10

AQUEL domingo por la noche, Ransom aparcó el coche frente al apartamento de Sam y apagó el motor. Habían sido unos días magníficos y, para Sam, habían acabado demasiado deprisa. Instintivamente trató de posponer el momento de la separación.

–¿Te apetece subir a tomar un café? –preguntó con la esperanza de poder robarle una noche más.

Sin embargo, Ransom miró el reloj y negó con la cabeza.

–Me temo que no puedo. Es tarde y ya te dije que tengo que estar mañana en el juzgado.

–No quedaría bien que te durmieras delante de todos –dijo ella.

–Sobre todo con el juez que preside mañana. Ése come abogados para desayunar.

–No queremos eso –dijo ella riéndose–. ¿Estás en la acusación o en la defensa?

–En la defensa –explicó él, apartándole un mechón de pelo de la cara.

–Ganarás el caso –añadió ella con una sonrisa.

–¿Y por qué sabes eso?

–Porque eres bueno en tu trabajo –dijo Sam con solemnidad–. De eso no hay duda.

–Gracias por el cumplido.

–De nada.

El silencio se hizo entre los dos y Sam supo que el momento había llegado. Ransom estaba a punto de seguir su camino y ella el suyo.

–Bueno, ¿crees que este fin de semana ha conseguido lo que querías? –preguntó ella.

–Eso espero.

–Bien.

–De acuerdo –dijo Ransom dando una palmada–. Vamos a por tu equipaje y luego subiré –añadió mientras salía del coche.

–No tienes por qué hacerlo –dijo Sam mientras salía también del coche.

Ransom sacó la maleta del maletero y cerró el coche.

–Me educaron para ser un caballero y, aunque falle en algunos aspectos, siempre acompaño a una dama hasta la puerta.

No sólo la acompañó hasta la puerta, sino que le quitó la llave, abrió la puerta, encendió la luz y dejó la maleta dentro antes de devolverle la llave.

–Ya está. Sana y salva.

–Odio las despedidas largas –dijo ella–. Hagamos que sea corto y agradable, ¿de acuerdo?

–En ese caso –dijo él con una sonrisa–. ¿Qué tal un último beso como en los viejos tiempos? –añadió mientras la tomaba entre sus brazos.

–Lo hemos pasado bien, ¿verdad?

–Claro que sí, pero todo lo bueno se acaba. Lo único que queda es esto –dijo Ransom, y agachó la cabeza para besarla.

–Adiós –dijo ella tratando de contener la emoción cuando sus cabezas se separaron. Acompañó a Ransom a la puerta y luego cerró tras ella.

Una vez fuera, Ransom sacudió la cabeza. Se pasó una mano por el pelo y miró hacia la puerta cerrada. Luego se giró y se alejó.

Al otro lado de la puerta, Sam escuchó cómo sus pisadas se alejaban y no sintió nada. Se sentía extrañamente adormecida y supuso que sería porque ya había pasado por eso antes. Pero en esa ocasión se lo esperaba, así que se lo estaba tomando mejor. No tenía sentido llorar por algo que no podía cambiar.

Por supuesto, se estaba engañando a sí misma. Ese sentimiento le duró hasta que se metió en la cama, y entonces la ausencia de su cuerpo la golpeó con fuerza. Comenzó a llorar entonces y no paró hasta quedarse dormida.

Por la mañana se sentía destrozada, pero sabía que no ganaría nada quedándose en la cama, así que se levantó, comió algo y se fue a trabajar. La rutina la ayudó en los días posteriores. El hotel estaba hasta arriba y tenía poco tiempo para pensar.

El jueves por la tarde se disponía a aspirar el sofá cuando sonó el timbre. Sam se dirigió a la puerta preguntándose quién sería. El timbre volvió a sonar antes de que tuviera tiempo de abrir.

–¡Ya va, ya va! –exclamó. Abrió la puerta de golpe y se encontró con Ransom–. ¿Ransom? ¿Qué estás haciendo aquí? No esperaba verte.

–Estoy seguro de eso –dijo él.

–Yo... eh, ¿por qué no estás en casa preparándote para el juicio de mañana?

–El caso ha sido aplazado –explicó él–. Eso me ha dado la oportunidad de zanjar otros asuntos que tenía pendientes. Entonces he venido a verte. ¿Vas a invitarme a pasar?

Automáticamente, Sam se echó a un lado y Ransom entró en el piso. Ella cerró la puerta y lo siguió hasta el salón. No podía dejar de preguntarse por qué habría ido a verla.

–¿Qué ha ocurrido? ¿Va todo bien? –preguntó ella con impaciencia.

–¿Por qué das por hecho que ha pasado algo malo? –preguntó él cruzándose de brazos.

Sam se dio cuenta entonces de que, quizá, hubiera sido un poco precipitada, así que trató de ocultar su confusión recogiendo los cojines del suelo y volviendo a colocarlos en el sofá.

–Bueno, estás aquí y…

–¿No se te ocurre ninguna otra razón por la que haya venido?

–La verdad es que no –admitió Sam con uno de los cojines aún en la mano.

–No –dijo él riéndose–. Tú siempre tan segura, Sam.

Ella no tenía ni idea de lo que ocurría.

–Sobre algunas cosas sí estoy segura –convino con el ceño fruncido mientras observaba cómo Ransom se acercaba a una de las ventanas.

–Dime una cosa, Sam. ¿De qué se trataba el fin de semana pasado?

La pregunta la pilló completamente por sorpresa.

–¿El fin de semana pasado?

¿Por qué preguntaba eso? Él ya debería saberlo. La respuesta era evidente.

–Tómate tu tiempo –añadió él–. Sólo dime con tus propias palabras de qué crees que se trataba el fin de semana pasado –repitió como si estuviera interrogando a un testigo.

–Ésta es mi casa, Ransom, no un juzgado, así que no pruebes tus tácticas conmigo –dijo ella tirando el cojín sobre el sofá y cruzándose de brazos–. En cualquier caso, sabes cuál es la respuesta a esa pregunta tan bien como yo. El fin de semana pasado se trataba de sexo. Nos dimos cuenta de que seguíamos sintiéndonos atraídos el uno por el otro, así que decidimos hacer algo al respecto. Nos fuimos de fin de semana y nos acostamos juntos, y ahora seguimos con nuestras vidas.

–¿Es eso? ¿Por eso crees que me fui contigo el fin de semana? –preguntó él mirándola a los ojos.

–No lo creo, lo sé –dijo ella con firmeza.

–¿Siempre sabes lo que la gente piensa y siente? –preguntó Ransom acercándose unos pasos hacia ella.

–En algunos casos sí –contestó Sam comenzando a sentirse un poco irritada–. ¿De qué va todo esto?

–Está bien. Te diré de qué se trata, Samantha, cariño. Se trata de una cosa muy importante. ¿No se te ha ocurrido nunca pensar que estuvieras equivocada? –preguntó él.

–Estás enfadado –dijo ella innecesariamente, a juzgar por la cara que tenía.

–Oh, no, cariño. No estoy enfadado. Estoy furioso –la corrigió, caminando por la habitación como un tigre enjaulado–. Ha habido veces a lo largo de los últimos días que me ha apetecido asesinarte. ¡De hecho, si no te quisiera tanto como te quiero, te estrangularía ahora mismo!

Sam estaba tan sorprendida por la ira que estaba descargando contra ella, que tardó unos segundos en darse cuenta de lo que había dicho.

–¿Qué has dicho? –preguntó ella, convencida de que debía de haberlo escuchado mal.

–He dicho que te estrangularía aquí mismo –repitió Ransom.

–Eso ya lo he entendido. Me refiero a lo otro. Has dicho que… –tragó saliva y se humedeció los labios–. Has dicho que… Al menos, creo que has dicho que…

–¡Ahora dudas! –exclamó él riéndose–. He dicho que te quiero, Sam. Siempre te he querido y siempre te querré.

Sam sintió que le empezaban a fallar las piernas y tuvo que sentarse, llevándose las manos a las mejillas.

–¡No puede ser! –exclamó.

–¿Es que hay alguna ley que prohíba que Ransom Shaw ame a Samantha Grimaldi?

–¡No! ¡Dejaste de quererme hace seis años!

–No exactamente. Hace seis años te odié durante largo tiempo. Realmente nunca dejé de quererte. Así que, ya ves, tu plan sólo funcionó a medias.

–¿Mi plan? –preguntó ella totalmente sorprendida. ¿Cómo podía él saberlo?

–El viejo truco de magia, Sam, para despistarme. Sólo que, en vez de hacerme mirar para otro lado, tu plan era ponerme furioso para que no mirara para ningún lado.

–¿Por qué iba yo a hacer tal cosa? –preguntó Sam, convencida de que él podía oír los latidos de su corazón. Se preguntaba cómo era posible que pudiera saberlo todo. No era posible. Ella se había ocupado de ello.

–Es la misma pregunta que me hice yo recientemente, cuando dejé de pensar con el corazón y volví a utilizar el cerebro –contestó él–. ¿Por qué ibas a hacerlo? La respuesta, cuando la encontré, era más que simple. Lo harías para protegerme, porque me amabas. Era el modo en que proteges a los que te importan.

–¿Para protegerte de qué?

–Eso no lo sabía pero, por alguna razón, me amabas lo suficiente como para tratar de curar la herida que habías causado –contestó Ransom.

Sam hizo un esfuerzo por tratar de concentrarse porque aquello era realmente importante.

–Vamos a ver si lo entiendo. A pesar de que yo te dijera que no te quería, ¿crees que sí te quería?

–Sí. No lo creo, lo sé. Por citar tus palabras. A pesar de lo que me dijiste, me querías hace seis años y, lo más importante, sigues queriéndome.

–¿Ah, sí?

–Sin la menor duda –declaró él con firmeza–. Así que, cariño, ¿te importaría revisar lo que crees que sabes?

Ella cerró los ojos al entender lo que le estaba diciendo. Lo que decía demostraba que todo lo que ella había pensado en los últimos seis años era mentira. Se había equivocado. Su plan nunca había surtido efecto. ¡Ransom nunca había dejado de quererla! Y lo más importante era que él sabía que ella también lo quería. Estaba completamente seguro de ello. Sam abrió los ojos finalmente y lo miró.

–¿Cómo? –preguntó horrorizada.

–¿Cómo lo adiviné? Un poco tarde, seis años tarde, en realidad, pero comencé a pensar de nuevo. Me habías engañado durante mucho tiempo, y eso no es fácil. Pero los días que hemos pasado juntos me han abierto los ojos. Todo lo que aprendí sobre ti no encajaba con la mujer que me dejó. Retrocediendo a lo que ocurrió, me di cuenta de que habías cambiado de la noche a la mañana. Nadie hace algo así sin razón. Al darme cuenta de eso, de pronto encontré la razón. El amor.

–¿Qué quieres que te diga? –preguntó Sam tratando de contener las lágrimas.

–La verdad estaría bien –sugirió él–. ¿No lo merezco? ¿Al menos por ser perseverante?

–Tienes razón. Te quería, Ransom. Aún te quiero –confesó dejando resbalar las lágrimas por sus mejillas.

–Eso es todo lo que necesito saber por ahora –dijo él, siendo evidente el alivio en su cara. Se acercó a ella y la tomó entre sus brazos.

Sam se quedó allí quieta y aceptó por fin que sus sentimientos hacia ella eran tan profundos como siempre. Ni siquiera en sus sueños habría imaginado que pudiera volver a decirle que la quería. Pero había ocurrido. Se lo había dicho. Era increíble pero cierto.

–¿Realmente aún me quieres? –preguntó ella.

–Realmente –contestó Ransom con firmeza.

–Oh, Dios. ¡Te quiero tanto! –exclamó Sam, siendo consciente de la ironía de haber tardado seis años en redescubrir algo que jamás se había perdido. Por eso tenía la necesidad de decirle una y otra ver que lo quería, por todo el tiempo que no había podido decirlo.

–Lo sé –contestó él, y la besó.

–Siento haberte mentido, pero fue por la mejor de las razones –se disculpó ella.

–¿De verdad? En su momento no me lo pareció.

–Sí, era así –insistió Sam–. Hay cosas que no sabes, cosas que no puedo decirte ni siquiera ahora –declaró ella.

–¿No puedes o no quieres?

–No puedo y no quiero –contestó Sam, tratando de convencerlo de que no estaba jugando–. Juré no decirlo y no puedo faltar a mi palabra.

–Lo entiendo –dijo él, para sorpresa de Sam–. En ese caso, deja que te diga lo que sé, Sam.

–No sé cómo podrías saber algo –contestó ella.

–Reg Dunne.

–¿Reg Dunne? –preguntó ella. El nombre no le sonaba de nada.

–Reg es el hombre que contraté hace seis años para que averiguara ciertas cosas. Me dijo que tenías un hermano que trabajaba para Grimaldi, y que, entre el día en que me dejaste y el día en que anunciaste tu compromiso, se fue del país. También averiguó que ese hermano tenía problemas con el juego. Tenía bastante sentido. Tu hermano estaba endeudado. Robó dinero y, para salvar a tu familia de la bancarrota, tú accediste a casarte con Leno Grimaldi. ¿Qué tal voy hasta ahora?

–No puedo contestar a eso –dijo ella. Decir «sí» o «no» sería romper el trato–. No quiero volver a perderte pero, si se trata de elegir entre tú y mi palabra, no hay elección posible. No me hagas elegir. Por favor, no –dijo apartándose de él.

Ransom la agarró por los hombros y la obligó a mirarlo.

–No pasa nada, Sam –dijo él–. No te haré elegir porque creo que sé lo que ocurrió. Creo que estoy cerca de la verdad y quisiera haber podido ayudarte. Pero no estaba en condiciones de hacerlo, ¿verdad?

–Sabes que tampoco puedo contestar a eso.

Ransom sonrió y la estrechó entre sus brazos.

–Acabas de hacerlo, cariño. No te preocupes. Tu trato sigue intacto.

Sam sintió un nudo en la garganta, porque Ransom acababa de confirmarle que confiaba en ella sin necesidad de más explicaciones.

–Renunciar a ti es lo más difícil que he hecho jamás. Pensé que, si podía hacer que me odiaras, podrías seguir adelante. No quería hacerte daño pero…

–Sé que actuaste con la mejor intención y que tú te hiciste tanto daño como el que me hiciste a mí. Pero, si volvieras a hacerlo, no me haría responsable de lo que pudiera ocurrir –declaró Ransom.

–Haces que parezca que tenemos futuro –dijo ella.

–¿Qué te hace pensar que no lo tenemos?

–¿Cómo puedes perdonarme tan fácilmente?

–Porque te quiero. Además, yo también te mentí a ti.

–¿Ah, sí? –preguntó ella.

–Cuando te dije que no me importabas. Que sólo te quería para el sexo. Todo eran mentiras, porque primero quería averiguar lo que sentías por mí. Al fin y al cabo, la primera vez que te pedí que te casaras conmigo, poco menos que te reíste en mi cara.

–¿Es que estás pensando en pedírmelo de nuevo? –preguntó Sam.

–Se me había pasado por la cabeza.

–Puede que incluso diga que sí, si me explicas lo del último fin de semana. Si no se trataba sólo de sexo, ¿por qué me convenciste para meterme en la cama?

–Porque ya había esperado demasiado. Ya no podía esperar más –admitió–. Cuando volví a verte en casa de los Hunt, me quedé sorprendido por la fuerza de mis sentimientos, y mi primer instinto fue protegerme. Después de todo, si eras la clase de mujer que pensaba que eras, no podía dejar que descubrieras lo que sentía.

–Lo comprendo.

–En cualquier caso, pronto descubrí que no ibas detrás de Alex. Luego, el resto de cosas que descubrí de ti en Norfolk me hicieron pensar. Si habías hecho aquello por amor, entonces a lo mejor seguías queriéndome. Si ésa era la verdad, entonces estaba decidido a recuperarte costara lo que costara.

–¡Ésa no es la impresión que me diste!

–Te dije que en el amor y en la guerra todo vale. Para mí esto era el amor. De eso se trataba el fin de semana pasado. No era lo que pensabas. Quería respuestas y las conseguí.

–¿Por eso me hiciste tantas preguntas? Dios, eres perverso.

–Y tú no, lo cual es una combinación perfecta –contestó él con una sonrisa–. En cualquier caso, estuve unos días sin dar señales para poder hacer algunas averiguaciones. Luego he venido a verte.

–¡Has entrado como un loco! Estabas furioso.

–Estaba furioso porque no hubieras acudido a mí. Eso me hizo daño de verdad, porque necesitaba poder ayudarte. De acuerdo, ahora sé que no había nada que pudiera hacer, pero era un caso especial. Tienes que prometerme, Sam, que si vuelve a ocurrir algo serio, me lo contarás. No hay nada que no podamos solucionar juntos.

–Lo prometo.

–¿Entonces te casarás conmigo a la segunda?

–¿Me darás algo de tiempo para pensármelo?

Ransom negó con la cabeza y dijo:

–Escucha, cariño, me ha llevado seis años volver a pedírtelo, y no pienso esperar un segundo más para obtener tu respuesta. Así que ¿cuál es? ¿«Sí» o «no»?

Ella sonrió, mostrando todo su amor en sus ojos.

–Te quiero, Ransom Shaw, y sí, me casaré contigo tan pronto como sea posible. Tengo que recuperar seis años.

–Dado que estamos hablando de recuperar el tiempo –dijo él tomándola entre sus brazos–, vamos a la cama.

–Mmm –suspiró Sam rodeándole el cuello con los brazos–. Me gusta cómo suena eso.